1937

1937

EDIÇÃO E DESIGN GRÁFICO
Clô Barcellos

CAPA
Arte de Clô Barcellos sobre fotos
do Archivo General de la Nación Argentina

REVISÃO/PORTUGUÊS
Célio Lamb Klein

TRADUÇÃO/ESPANHOL
Mariam Pessah

TRATAMENTO DE IMAGEM
Maximiliano Dias/Estúdio Mx

DADOS INTERNACIONAIS DE CATALOGAÇÃO
Bibliotecária Daiane Schramm – CRB-10/1881

G943c Guimaraens, Rafael
1937 Julliete em perigo. / Rafael Guimaraens. – Porto Alegre: Libretos, 2025.
152p.; 16x23cm
ISBN 978-85-5549-083-5
1. Literatura-romance. 2. Crimes. 3. Mistério. 4. Sequestro. 4. Buenos Aires. I. Título.
CDD 869.3
CDU82

Catálogo sistemático
Crimes: CDD 364.15

Libretos
Rua Peri Machado, 222, bloco B/707
CEP 90130-130
Porto Alegre/RS/Brasil

www.libretos.com.br
Instagram e Facebook – @libretoseditora
Youtube – libretos100
WhatsApp – (51) 99355-4456
libretos@libretos.com.br

RAFAEL GUIMARAENS

1937
Juliette em perigo!

Libretos

Porto Alegre, 2025

Uno busca lleno de esperanzas
el camino que los sueños
prometieron a sus ansias.

UNO
ENRIQUE DISCÉPOLO

SAENZ PEÑA
CABALLITO
VILLA
CENTENARIO
NUEVA
POMPEYA
ALMAGRO
PARQUE PATRICIOS
F.C. OESTE
CORRALES
ONCE
RIVADAVIA
HOSPITAL MUÑIZ
HOSPITAL MILITAR
ARSENAL DE GUERRA
HOSPICIO DE ALIENADAS
HOSPICIO DE LAS MERCEDES
CONSTITUCION
BARRACAS
ROCA
Riachuelo
ANTE PUERTO
M.O.P.
BALNEARIO MUNICIPAL
AVENIDA DE LA COSTANERA
Arroyo del Maciel
RIO
ESCALA-1: 25.000
500
1000
1500
2000
2500
E
F
G
H
I

PLANO
DE LA CIUDAD DE
BUENOS AIRES
Y SUS
ALREDEDORES
PUBLICADO POR LA
OFICINA CARTOGRÁFICA
"LUDWIG"
CONFECCIONADO POR
A. CANNIZZARO
RIO DE LA PLATA
BELGRANO
HIPÓDROMO NACIONAL
VILLA
ALVEAR
PALERMO
HIPÓDROMO ARGENTINO
NUEVO PUERTO
O
N
S
E
K
L
M
N
O
P

1

Devo aguardar até que alguns turistas barulhentos subam a escada e se acomodem nas cabines mais nobres do *Brasil Maru*. Só então os desafortunados da 3ª classe, como eu, receberão permissão para embarcar. O funcionário japonês da Osaka Syosen Kaisha informa que esse ritual deve demorar cerca de uma hora. Contudo, o prazo se estende e é possível perceber um rebuliço no convés.

Ao final de quase três horas de espera, com um sorriso um tanto anacrônico diante da situação caótica instalada no navio, o funcionário desce a escada e nos explica que, por um problema de comunicação entre a companhia de navegação e a agência de turismo, foram vendidas mais passagens da 1ª e da 2ª classe do que os lugares disponíveis. Assim, quando o vapor ancorou em Porto Alegre, quase todos os aposentos mais luxuosos já estavam ocupados pelos bacanas que haviam embarcado no Rio de Janeiro. Portanto, seria necessário realocar alguns turistas na 3ª classe, onde sobram quartos.

Para acalmar o clima de rebelião entre os grã-finos, a Osaka prometeu algumas regalias aos prejudicados, como hospedagem de uma noite no Hotel Alvear, o mais chique de Buenos Aires, e "um magnífico passeio turístico pelo Rio Tigre".

Resolvida a encrenca, o funcionário sorridente nos conduz por um longo corredor e vai distribuindo os passageiros. Com o remanejo, sou instalado numa cabine próximo às caldeiras do navio. Trata-se de um cômodo diminuto com dois beliches encostados às paredes, separados por uma pia com um espelho logo acima. Percebo que não há lugar para colocar as malas.

Ocupo uma das camas de baixo. Um sujeito magro, de terno claro, sobrancelhas grossas e cabelo lustroso com costeletas que lhe alcançam o canto do maxilar, fuma deitado na cama inferior do outro beliche. Lembra o ator Basil Rathborne em *O capitão Blood*.

– Que *bochinche*, não? Para ser honesto, *me encanta ver estas personas privilegiadas sufriendo.*

– De fato, estavam bem contrariadas.

O homem ergue-se da cama e me estende a mão.

– *Alfredo Lezcano. Mucho gusto.*

– Paulo Koetz.

– *¿Primera vez?*

Faço que sim.

– *¿Negocios o diversión?*

Estou indo a Buenos Aires para tentar socorrer uma antiga namorada, agora artista famosa, que corre risco, já que seu antigo protetor – integrante de uma poderosa organização envolvida no tráfico de mulheres para abastecer os bordéis da cidade – está à solta e pode querer molestá-la de alguma forma, e disso não se pode duvidar pois já tentou uma vez. Se eu respondesse assim, o sujeito me julgaria um mitômano ou coisa pior.

– Tenho um encontro em Buenos Aires – limito-me a dizer.

– *¿Un encuentro romántico?*

– Espero que sim.

– *Ehhh, tenemos aquí a alguien que cree en el amor.*

– Talvez seja a última tentativa.

– *¿Te gusta el tango? Y cuando ya sólo ansiaba la muerte / cuando tu voz se perdía en mi ayer / hoy te encuentro y mi amor es más fuerte / ¡Los dos lucharemos por nuestro querer!*

– Carlos Gardel?

– *Monumento nacional. Qué ironía, ¿no? Ni era argentino.*

– Chegaste a conhecê-lo pessoalmente?

– *Oh, sí.* Trabalhei na RL1, "la rádio del tango". Transmitíamos *en vivo* a música de orquestras como as de Francisco Canaro, Eduardo Arolas, Julio de Caro. Às vezes, Gardel aparecia por lá. Um homem simples, humilde, *bonachón.* Só se incomodava quando indagavam sobre seu país de origem. *Murió* naquele trágico acidente aéreo e *dejando todo el país de luto.*

Alfredo tenta falar português, mas às vezes enfia uma palavra castelhana na sua *charla*, o que soa divertido.

– Trabalhas em rádio, então?

– *Sí.* Agora estou na El Mundo. *Hago el casting.* Vim a Porto Alegre para contratar um artista daqui para uma temporada *con nosotros.* O pianista Paulo Coelho, *¿lo conoce?*

– Quem não conhece o *Gordo*. O maior pianista do Brasil. Já bebemos algumas cervejas juntos.

– *¿Sos bohemio?*

– Jornalista.

– *Es lo mismo. Te va a gustar Buenos Aires.* Já vivemos dias melhores, *pero continúa siendo* o cenário ideal para reviver histórias de amor. A moça o espera?

– Chega em alguns dias.

– *Entonces*, vá à Calle Florida e compre um bom *regalo* para tua amada. Tem de tudo para todos os bolsos. *Si le gusta leer,* El Ateneo é o olimpo. Para *la diversión*, em Corrientes, Maipú e Callao os cabarés funcionam *a toda marcha.* Royal Pigalle, Tabarís, Marabu, Chantecler – subitamente ele se dá conta de que está lidando com um passageiro da 3ª classe. – *Bueno*, essas são para turistas e para quem *tiene plata*, porém há casas com preços mais acessíveis. Quantos dias vai ficar em Buenos Aires?

– Dez dias, provavelmente.

– *Entonces*, terá a oportunidade de ouvir uma estrela internacional que vai se apresentar no Teatro Ópera. Juliette Foillet, já ouviu falar?

Uma descarga elétrica percorre minha espinha. Ele prossegue:

– Pouca gente recorda, mas ela já se apresentou em Buenos Aires, *hace tres años.* Era ainda desconhecida e fazia parte da companhia de um francês... – ele aperta os olhos por alguns instantes. – Não recordo o nome.

– Jacques Duchamp.

– Isso! Então, você a conhece?

– A companhia dele esteve em Porto Alegre.

– Viste a jovem no palco?

– Uma vez.

– Então, vais concordar comigo. *Una cantante graciosa* e uma voz fenomenal. Me procure na rádio, talvez consiga *una entrada de cortesía.*

Um sujeito entra na cabine de forma estabanada, soltando fogo pelas ventas. Veste um terno marrom e traz um lenço perfumado em torno do pescoço, evidenciando que se trata de um dos passageiros da 1ª classe reassentados nas cabines dos pobres mortais.

– Que humilhação! Em plena lua de mel, em nossa primeira noite, minha esposa está em um compartimento com outras mulheres que nunca viu na vida e eu aqui, com dois desconhecidos.

O argentino estende-lhe a mão.

– Alfredo Lezcano, *mucho gusto*. Estou na mesma condição do amigo, *pero no es el fin del mundo*. Já enfrentei situações piores. Este é Paulo, *periodista*.

– Jornalista? Vem a calhar. Então escreva no seu jornal o absurdo que ocorreu neste navio. Não é possível que uma companhia internacional...

Não gosto do tom do sujeito e interrompo a cantilena que prometia alastrar-se indefinidamente.

– Sou repórter policial. Só poderia fazer alguma coisa se acontecesse um crime no navio, não precisamos chegar a tanto.

– Engraçadinho o seu amigo – o tipo comenta.

– *¡Por favooor!* – Lezcano tenta apaziguar.

O sujeito volta a me encarar.

– Se não se importa, gostaria de ficar no leito de baixo.

– Acontece que eu já estou instalado – respondo.

– Você não vai querer que eu chame o comandante.

Dou de ombros, mas Alfredo Lezcano o aconselha.

– Esqueça. O comandante não irá afrontar *un periodista*, mesmo com passagem da 3ª classe. Não faria bem para a imagem da companhia.

Um ruído estrondoso vindo da casa de máquinas indica que o Brasil Maru começa a se movimentar.

– Vamos dormir com essa barulheira? É demais! – o tipo de lenço no pescoço sai porta afora.

– *Vamos a cenar.* – sugere Lezcano. – Não perderia por nada o festival de lamentações dos bacanas. *Va a ser divertido.*

Um raio de sol atravessa a escotilha e me acaricia o rosto. Por alguns instantes permaneço de olhos fechados, desfrutando o calor que ele me proporciona. Aos poucos, começo a escutar um burburinho crescente vindo do corredor. Olho ao redor. Os outros dois já deixaram a cabine. Troco de roupa, arrumo a mala e subo ao convés. À direita, um movimento intenso de embarcações ocupa toda a extensão do porto. A turma da 1ª classe parece haver superado os contratempos da véspera. Estão todos sorridentes junto à mureta, com binóculos e máquinas fotográficas apontados para a balbúrdia do cais, os homens de óculos escuros e trajes de inverno, e elas de *tailleurs* de lã com golas de peles e toucas que lhes cobrem as orelhas.

Alguns navios estão ancorados a uma boa distância aguardando sua vez de aportarem, mas há algo errado. Pelas minhas contas, Buenos Aires deveria estar na margem esquerda. Lezcano percebe a minha estranheza e comenta:

– Calma, Pablo. *Recién* Montevidéu. Estamos na esquina entre o oceano e o Río de la Plata. *¿No está con frío*?

– Tenho um pulôver de lã na mala. Quando estiver instalado eu visto.

– Dê uma olhada no nosso companheiro de viagem – Lezcano aponta para o homem de lenço cheiroso abraçado a uma bela jovem. – *Él tuvo suerte.*

– Você acha?

– *Siiiii.* Terá uma curiosa história sobre sua *luna de miel* para contar. Se tudo ocorresse conforme o planejado, ninguém se interessaria pelo seu relato. Diante dos percalços, a história de sua noite de núpcias se tornará *mucho más interesante.*

– Não creio que ele concorde.

– Assim é a vida. As coisas adquirem graça quando existe *la sorpresa, lo inesperado.* As súbitas mudanças de rota é que movimentam o mundo. Assim é na ciência, na política, nas artes. Goya pintava retratos de nobres, mas só ganhou destaque porque um belo dia decidiu retratar a realidade das ruas. Picasso só se tornou famoso quando rompeu as barreiras do formalismo. Veja o tango. A matéria-prima do tango são os desencontros, as traições, quando a vida foge da rotina. Se as coisas entre os casais ocorressem conforme o planejado, não haveria tango nem samba, *¿no te parece?* O mundo, meu caro *periodista*, só anda pra frente quando alguém, de propósito ou por casualidade, se desvia da rota ou contraria a ordem estabelecida.

– Começamos na lua de mel frustrada e acabamos nos destinos da humanidade. Nada mal. Mas sua teoria não se encaixa no nosso personagem. Não creio que o grã-fino cheiroso se disponha a contar a alguém seus dissabores nupciais. Me parece arrogante, desprovido de espírito e senso de humor. Se contasse que em vez de dormir com a esposa na primeira noite teve que dividir a cabine com dois indivíduos da classe subalterna, seus amigos, provavelmente pessoas do mesmo padrão, não achariam graça nenhuma. Perguntariam como ele permitiu que tal absurdo acontecesse.

– Talvez rissem às suas costas.

– Mais uma razão para ele não contar.

Nos dirigimos à mureta do lado oposto. Agora nosso vapor se movimenta com destreza entre os outros navios e segue célere em diagonal, singrando as águas barrentas rumo a Buenos Aires.

– Me perdoe, Alfredo, mas quem teve a ideia de chamar essas águas escuras de Río de la Plata?

O argentino solta uma risada gostosa.

– Trata-se de uma *leyenda* dos índios guaranis que chegou aos ouvidos dos conquistadores espanhóis. Juan Díaz de Solís foi um deles. Foi mandado para cá pelo rei Fernando, preocupado com a presença de portugueses nas redondezas. Quando ouviu que havia prata no leito do rio, ficou alucinado. Em lugar de cumprir sua missão, meteu-se a explorar as profundezas das águas. A ambição de Solís seria o seu calvário. Foi capturado, morto e deglutido pelos índios canibais, *quizás con chimichurri y salsa criolla. Sin embargo,* esse rio só é rico em uma coisa: lodo. Mas é uma boa metáfora da soberba dos *porteños*. Enchemos a boca e dizemos: *"El río más ancho del mundo"*.

– É fato?

– Oh, sim. Em alguns trechos chega a ter 25 quilômetros de largura. *¡Gran valor!*

Lezcano está particularmente loquaz nessa manhã fria e ensolarada.

– O *mejor* negócio do mundo é comprar um argentino pelo que vale e vendê-lo pelo que diz que vale. Sabe o que diz um argentino ao final da missa? "*Jesus Cristo, confía en mí*". Ouve essa aqui. O argentino está fazendo amor com sua noiva. Ela suspira: "*¡Ay, Dios mio!*". Ele responde: "Na intimidade, pode me chamar de Diego".

Os chistes são ótimos, mas as preocupações sobre a "missão" a que me propus começam a tomar conta da minha mente. Tenho um plano genérico, o qual não tenho a menor ideia se irá funcionar.

– Um argentino chega à livraria e pede: "*Por favor, un mapamundi de Buenos Aires*".

Acompanho a sua risada e vejo, então, o *Brasil Maru* se aproximar de um gigantesco porto, dez vezes maior do que o cais de Porto Alegre.

– Vamos aportar na Dársena Norte. *Mire,* neste ano, completa 40 anos, um complexo grandiloquente que custou caríssimo, mas logo após a inauguração *se quedó* obsoleto por um pequeno detalhe: não levou em conta o tamanho crescente dos navios de carga. Hoje, praticamente só serve de terminal de passageiros e serviços de aduana. Outro grande feito dos *porteños*! Donde pretende ficar?

– Tenho reserva em um hotel no bairro Once.

– É o reduto dos *judíos*. Um lugar sofisticado com boas lojas e cafés *tradicionales*. *Pero*, há uma parte sórdida onde atuava a Zwi Migdal, já ouviu falar?

– Uma quadrilha que fazia tráfico de mulheres.

– Quadrilha? Uma gigantesca organização que funcionou por três décadas. *Rufianes* judeus explorando mulheres judias, *las polacas,* trazidas da Europa com promessas mirabolantes. Aqui chegando, eram jogadas na prostituição.

– Uma história sórdida.

– Dizem que foi extinta, mas eu duvido. Possuíam tentáculos em todo o país e até no exterior. Isso não se acaba de uma hora pra outra. *Si le interesa,* conheço um periodista que sabe tudo sobre a Zwi Migdal. Chama-se Santiago Defenti.

– Santiago Defenti.

– É um veterano repórter policial do *El Mundo*, periódico do mesmo grupo da rádio onde trabalho. Fale com ele. Se *usted* for à redação, terá oportunidade de conhecer nosso maior escritor, que escreve *aguafuertes* diariamente no jornal. Chama-se Roberto Arlt.

– Roberto Arlt – repito.

À saída do Puerto Nuevo nos deparamos com uma grande avenida.

– Aqui nos separamos. Para chegar ao Once deves tomar o *subterráneo* na estação localizada na Plaza de Mayo. Se tens disposição de caminhar e a mala não estiver muito pesada, são seis quadras até a Casa Rosada, sede do governo – ele aponta com a mão para a esquerda. – A estação do *subte* fica junto ao palácio. No início da Plaza de Mayo.

Nos despedimos com um caloroso aperto de mão.

– Me procure para apresentar *tu novia*. Não esqueça: Radio El Mundo, Calle Maipú, 555. *Y ponete el pulover que está frío.*

Cristóbal Colón brilha em mármore ao sol do fim da manhã. Sua fisionomia austera está voltada ao rio, de onde sopra um vento que me congela os ossos. Ao pé do monumento, estátuas reproduzem cenas estoicas da jornada do conquistador até alcançar o continente americano pelo Oceano Pacífico, abençoadas por uma representação feminina da Justiça. Em torno do monumento, o Parque Colón dispõe de arbustos ornamentais podados em forma esférica, postes de ferro, cada um com quatro luminárias de globos, caramanchões e bancos com estrutura de cimento e assentos de tiras de madeira. Atrás do parque, abre-se o largo edifício cor-de-rosa de onde, desde o golpe de 1930, os militares governam o país a mão de ferro. Sigo em direção ao palácio, mas preciso atravessar uma avenida movimentada por automóveis e *tranvías*, como eles chamam os bondes.

Olho o relógio. Quase meio-dia. Contorno a Casa Rosada pela esquerda e dou de cara com a Plaza de Mayo, espetada na outra extremidade por um obelisco, tendo ao alto a estátua de algum figurão. Adiante dela, se pode ver uma ampla avenida flanqueada por dois paredões de arranha-céus de onde, a esta hora de almoço, partem hordas humanas em todas as direções.

Estou ao lado da entrada do *subterráneo*, incrustado a um dos cantos da Casa Rosada, com uma cerca de metal protegendo a escada e um portal com a placa *Subte A – Plaza de Mayo*. Dois policiais com seus quepes, trajes azul-marinho com duas fileiras de botões dourados, sobem a escadaria em animada *charla*. Desço os dois lances de escada seguido por uma multidão. Esperava que a *estación* fosse maior, já que é a primeira da Línea A, porém se reduz a uma acanhada bilheteria com dois guichês, a plataforma de espera e a pista onde se unificam os trilhos das duas vias de ida e vinda dos vagões. Um tipo que lembra Ronald Colman em *Condenado da Ilha do Diabo* esbarra em mim, mas, em lugar de pedir desculpas, me encara com uma espécie de rancor e baixa os olhos para a minha mala. Aperto a alça e me desvencilho do sujeito.

Um vozerio intenso reverbera pela estação. Um músico agachado faz soar notas longas e tristes de seu *bandoneón*. Mendigos circulam com a mão em concha. Velhos maltrapilhos oferecem bilhetes de loteria prometendo a sorte grande. Meninos de calças curtas vendem *El Mundo* e *La Nación*. Há uma aglomeração em torno dos guichês. Quando chega a minha vez, pergunto ao atendente como chegar ao *Barrio Once*, onde pretendo montar minha base, pois é lá onde opera o sujeito que eu devo neutralizar.

– *Tiene que bajarse en la estación Plaza Miserere.*

– Plaza Miserere.

– *Es la quinta, después de la estación Congreso.*

Por dois pesos, ele explica, posso comprar um bilhete que dá direito a cinco viagens. Aceito. Entrego a nota de 10 pesos, a única que guardo na carteira, recebo o troco e o *ticket*, e sigo para a plataforma. Um comboio acabou de partir, portanto, devo esperar uns bons dez minutos pelo próximo. Distraio-me com os cartazes exibidos na parede curva do lado oposto aos trilhos. Um deles mostra o desenho de uma cabeça perfurada por dezenas de pregos e a legenda: *Geniol – quita el dolor, da buen humor.* Ao lado, *Glostora – para triunfar "glostore" su cabelo; Heno de Pravia – realza la belleza del cútis; Chocolate Aguila; Cinzano – la bebiba ideal.*

Então a vejo. Deslumbrante, vestido vermelho com decote discreto, uma tiara de brilhantes na testa sobre o cabelo ruivo alisado. Quem lhe tirou os crespos? Quem lhe apagou as sardas? Onde está o olhar de pura vivacidade que me encantava? Está séria, tendendo para o drama – uma ária? A mão tensa de unhas vermelhas segura o microfone prateado junto ao rosto. Acima da fotografia retocada, letras amarelas sobre fundo preto anunciam: *Juliette Foillet.* E abaixo: *28 ago. Teatro Ópera – Av. Corrientes 860.* O cartaz me comove, mas reaviva a distância intransponível que se criou entre nós dois.

"Non dança?" foram as primeiras palavras que ouvi dela com seu sotaque engraçado, mistura de francês e castelhano. Naquela noite, após um dia estafante como repórter policial do *Correio do Povo*, eu caminhava pela Rua da Praia com o firme propósito de ver Jean Harlow no papel da *Vênus Platinada* na sessão das dez do Cine Central. Porém, encontrei um grupo de antigos colegas da Faculdade de Direito, curso que abandonei pela metade para seguir a carreira de jornalista. A turma preparava-se para uma excitante noitada na pensão de uma portuguesa chamada Aurélia, onde se abrigavam as garotas de uma companhia musical francesa que se apresentava no Cine Teatro Variedades.

Fui praticamente carregado pela empolgação dos acadêmicos em direção ao "latíbulo das ninfas", como alguém definiu – talvez tenha sido eu mesmo. Meus acompanhantes trajavam ternos bem cortados, chapéus Richmond e usavam água de colônia atrás das orelhas, enquanto eu vestia uma fatiota enxovalhada de fim de expediente, portanto, sem nenhuma esperança de que alguma das beldades prestasse atenção na minha pessoa. Elas nos receberam em um salão com trajes diminutos, música na eletrola e garrafas de champanha prontas para serem abertas. Por precaução, escolhi um lugar afastado do frege para ver como a coisa funcionava. Então a vi e não consegui mais tirar os olhos de sua pequena figura de pele alva e cabelos avermelhados, com ares de Leila Hyams, a exuberante atriz de *A ilha do dr. Moreau*. Naquela noite mágica, ela riu, brincou, imitou Marlene Dietrich e Carmen Miranda. A certa altura, talvez para escapar de um perseguidor indesejável, veio até mim: "Non dança?".

Ouve-se o ruído do trem. Deixo Juliette e baixo a mão para apanhar a mala, mas meus dedos seguram o vazio. Olho em volta e custo alguns segundos para perceber o óbvio.

– Minha mala! – grito.

Passageiros apressados descem e sobem no *subte*. Caminho estonteado pela plataforma. Abordo alguns deles.

– *¡Me robaron mi maleta!*

Eles dão de ombros, sacodem a cabeça para os lados. O fiscal apita. Os retardatários correm antes que as portas se fechem. Fico plantado, sem saber o que fazer. O comboio move-se. Então enxergo através da janela o sósia de Ronald Colman que esbarrou em mim há alguns minutos, uma mão erguida segurando a alça redonda do corredor e a outra provavelmente com a minha mala contendo uma muda de roupas, o pijama, um pulôver novo e quase todo o dinheiro da viagem. Ele devolve o olhar. Há um esboço de sorriso raivoso em seus lábios. "Filho da puta", eu murmuro. O *subte* se afasta aumentando a velocidade.

Volto ao cartaz de Juliette.

– Comecei bem, *ma cher* – falo em voz alta, com uma mistura de ironia e dó de mim mesmo.

Embarco no *subte* seguinte com um turbilhão de pensamentos se digladiando em minha mente, nenhum alentador. Entrego o bilhete ao funcionário, que destaca um dos cinco números impressos na borda e me devolve. Uma idosa senta-se a meu lado a desfiar seus infortúnios, com uma voz grave e displicente.

No último trecho antes da estação Once, as luzes se apagam repentinamente. Ela crava os dedos na minha coxa e berra:

– *¡Los fantasmas! ¡Los fantasmas!*

A iluminação volta quase imediatamente. Com os olhos esbugalhados, ela conta uma história horripilante sobre dois trabalhadores que teriam morrido soterrados durante a construção do *subte*, cujos espíritos costumam aparecer neste trecho.

A mulher só se acalma quando chegamos à estação. Nos despedimos e ela percebe meu abatimento:

– *Tranquilo. Los fantasmas no salen del túnel.*

Os meus fantasmas me acompanham. Ao contrário da acanhada estação da Plaza de Mayo, agora me encontro dentro de uma complexa construção feita de arcos com dois níveis de altura e uma barafunda de pistas que se entrelaçam de uma forma um tanto anárquica para quem não conhece o seu funcionamento. Na pista de cima, perpendicular aos trilhos do *subte*, um trem graúdo e barulhento faz tremer a estação.

Saio à rua através da escadaria que desemboca na Avenida Rivadavia. Confiro o relógio de pulso. Quase uma hora da tarde. Deveria comer algo, mas a fome é meu menor problema. Caminho a esmo pela Plaza Once sem saber qual destino dar a minha vida. Estou desamparado num país estranho onde não conheço ninguém, só com a roupa do corpo, dinheiro para duas ou três refeições e uma missão, a qual, a essa altura, devido às circunstâncias, adquire um tom desastroso. Li em algum lugar que o ser humano alcança a plenitude da existência quando desenvolve a capacidade de rir de si mesmo. Pois eu sou um sábio, gargalhando enlouquecidamente diante do mausoléu de Rivadavia, o homem que declarou guerra ao Brasil e, na confusão que ele arquitetou, nasceu o Uruguai.

Uma *señora* passa por ali empurrando um carrinho de bebê e me olha com um misto de estranheza e temor, como se estivesse diante de um tresloucado. Cobre a criança com um manto e se afasta a passos rápidos.

MW
LW

2

Preciso agir.

Volto à Rivadavia, tomo coragem e ingresso no Avenida Palace Hotel, onde tenho um quarto reservado. Pela sofisticação do *hall* de entrada, desconfio que a diária estará muito acima da minha nova realidade financeira, oito míseros pesos. Confiro a tabela afixada atrás da recepção: *cuarto single – 30 pesos; cuarto doble – 45 pesos.*

– *¿Puedo ayudarlo?* – o rapaz da portaria pergunta.

Deixo o local sem responder e dobro a esquina com a Calle Catamarca. Caminho por um longo quarteirão de muitos sobrados residenciais e alguns poucos estabelecimentos: uma farmácia, uma revendedora de automóveis, uma confeitaria e um hotel simplório chamado Luna, diária de 20 pesos.

Ao fim da quadra, há um café chamado Victoria, mesmo nome da rua que atravessa a Catamarca. Tenho fome, mas antes preciso conseguir um local onde me instalar. Sigo pela ruazinha com os olhos procurando qualquer canto que ofereça pouso. Um paredão exibe o poster de Juliette, o mesmo da estação Plaza de Mayo, afixado entre uma enxurrada de cartazes dos candidatos à presidência da Argentina nas eleições de 5 de setembro. Um deles promete: *Democracia, civismo, libertad, trabajo, orden, paz obtendrá votando en la fórmula Alvear-Mosca.* A propaganda rival mostra um operário de macacão agitando uma enorme chave de apertar parafusos: *¡Obreros! Para seguir teniendo trabajo, voten por Ortiz-Castillo.*

Um tango pungente emana do prédio ao lado, um belo sobrado pintado de vermelho e preto. A porta está aberta. O pequeno estabelecimento abriga uma quantidade de livros muito maior do que o espaço comporta. Se apertam em armários, sobre as mesas, esparramados em pilhas pelo chão, dando a impressão que ordená-los seria uma tarefa para uns bons cinco anos.

Cuando la suerte que es grela / Fallando y fallando / Te largue parao / Cuando estés bien en la vía / Sin rumbo, desesperao.

A música sai de um rádio sobre a escrivaninha, onde um sujeito magro de cabeleira prateada e barba no mesmo caminho sorve um mate.

– Gardel?

– *Sí, pero la canción es de Enrique Discépolo. Habla de soledad y desesperanza. Es la banda sonora de Argentina actual. ¿No la conoce?*

– *No soy de acá.*

– Ah, brasileiro – ele reconhece o sotaque.

– De Porto Alegre. Prazer, Paulo Koetz.

– Miguel Ángel. Morei no Brasil alguns anos, logo após o golpe militar – ele comenta com uma pronúncia perfeita e um quase imperceptível sotaque portenho. – Agora as coisas mais ou menos se normalizaram e pude voltar.

Verás que todo es mentira / Verás que nada es amor / Que al mundo nada le importa / Yira, yira.

A parede atrás da escrivaninha exibe uma flâmula azul do Racing Club, um calendário da Alpargatas, com divertido desenho campestre do artista argentino Molina Campos, e um painel de louça com os versos *"Al que es amigo, jamás / lo dejen en la estacada, / pero no le pidan nada / ni lo aguarden todo de él / Siempre el amigo más fiel / es una conducta honrada. Martin Fierro".*

Sobre a mesa, alguns volumes disputam o espaço com um aparelho telefônico, uma máquina de calcular e uma chaleira fumegante sobre um pequeno fogareiro.

– Procura algum livro específico?

– Na verdade, entrei atraído pela música. Cheguei agora a Buenos Aires e estou procurando algum lugar para me abrigar.

– Em torno da Plaza Once existem vários bons hotéis.

– Sim, eu tinha uma reserva no Avenida Palace, porém minha mala foi roubada na estação Plaza de Mayo e levaram quase todo o meu dinheiro.

– Não duvido. Buenos Aires está desse jeito. A verdade é que estamos atravessando tempos infames. A Argentina, como um todo. Sofremos uma sucessão de reveses desde que os militares derrubaram Yrigoyen, e já vão sete anos. Desde então, estamos nas mãos de milicos fascistas e incompetentes. O país está mergulhado na crise. Cada vez menos ricos concentrando mais *plata* e mais pobres dividindo as sobras. Mas mesmo algumas famílias abastadas estão vendendo suas mansões porque não podem sustentá-las: a Quinta Unzué, o Palacio Paz, o Palacio Ortiz Basualdo, o Solar Dorrego – ele conta nos dedos.

– Se os ricos estão assim, imagino os outros.

– Oh, *sí.* Vou te dar uma informação. No ano passado, mais de 10 mil máquinas de costura foram empenhadas no Banco Nacional de Empréstimos. A pequena burguesia está degradada. Temos uma subclasse de desempregados. Para o povo, a realidade é pobreza, fome. Em lugar do *asado*, nos alimentamos com *biscochitos de grasa,* feito de farinha, água e graxa de leite. Escute – ele aponta para o rádio: *Cuando no tengas ni fe, ni yerba de ayer secándose al sol...*

– Muitos argentinos estão assim. Não possuem nem a erva de ontem para secar ao sol e tomar o mate de hoje.

– Mas vi na propaganda um dos candidatos prometendo manter as políticas de emprego.

– Sim, empregos para os trabalhadores da construção civil para construir esses prédios megalômanos que atendem à soberba portenha em troca de salários escorchantes. Nós, argentinos, nos convertemos em *buscavidas*, já ouviu falar? É o sujeito que faz qualquer coisa para sobreviver, utilizando astúcia e trapaças das mais criativas e inverossímeis. O advogado sem clientes que implora um emprego público, o engenheiro que vai trabalhar em oficinas mecânicas, o sujeito que falsifica rifas, o professor sem alunos, o poeta despejado que vive cada dia na casa de algum amigo diferente, o antigo proxeneta que agora aluga quartos, aqueles muitos que se sentam no bar, tomam café fiado esperando um milagre. Eu – ele cutuca três vezes o próprio peito – sobrevivi no exílio fazendo comércio na fronteira. Vendia mercadorias de um país para o outro. Sabe do que estou falando.

"Contrabando", penso, mas não digo.

– Mesmo agora, que recuperei minha loja, preciso continuar nessa atividade, por assim dizer, clandestina. Só mantenho a livraria por amor aos livros. Mas que mau anfitrião estou sendo! Chega um visitante e eu fico desfiando as mazelas da cidade. O que eu quero dizer é que não posso saber se quem roubou sua mala é um ladrão contumaz ou uma pobre alma desesperada.

– No fim das contas, para mim não faz diferença. No momento, preciso de um hotel bem mais barato, talvez uma pensão, até que possa me organizar.

– Ainda que mal pergunte. O que você faz em Buenos Aires?

Solto uma risada.

– Se eu contasse, o amigo não iria acreditar por nada desse mundo.

– Já passei por tanta coisa nessa vida que já não duvido de mais nada, mas não quero ser bisbilhoteiro.

O interesse do simpático Miguel é tudo que tenho.

– Há dois anos, conheci uma artista em Porto Alegre e vivemos uma bela história de amor. Essa moça tem um drama em seu passado. Quando era menina ainda, sua mãe, uma jovem viúva, foi trazida da Polônia para a Argentina por um cafetão com promessa de casamento.

– Zwi Migdal. Uma organização de judeus escroques que exploram as próprias conterrâneas.

– Sim. A mãe viria na frente e, quando as coisas se organizassem, traria a menina. Isso demorou e a moça foi ficando sem notícias. Passaram-se anos. Quando ela se tornou maior de idade, decidiu vir para cá em busca da mãe. Aqui, caiu nas garras de um patife, provavelmente também ligado à Zwi Migdal. Porém, como ela cantava bem, em vez de jogá-la na prostituição, decidiu explorar o seu talento.

– Que história espantosa.

– Com o tempo, ela descobriu que a mãe havia morrido e percebeu que seu protetor era um gângster. Conseguiu livrar-se do tipo, integrando-se à companhia artística de um francês que se apresentava em Buenos Aires. Depois, seguiu com a *troupe* para Porto Alegre, onde nos conhecemos. Mas ainda restou um vínculo com esse escroque. Ela precisaria pagar uma certa quantia mensal para reaver seu passaporte e, assim, obter sua completa independência. Por uma série de acontecimentos que aqui não vem ao caso relatar, ela suspendeu os pagamentos e o tipo foi atrás dela.

– Em Porto Alegre.

– Sim. Lá chegando passou a persegui-la, com a intenção de sequestrá-la ou talvez acabar com a vida dela.

– O que você está me contando é extraordinário!

– Depois de muitas aventuras, o tipo foi preso e extraditado para cá. Ela seguiu para a Europa, onde teve uma carreira meteórica. Em pouco tempo, tornou-se uma grande estrela. Nos próximos dias vai se apresentar em Buenos Aires. Porém, eu soube que o sujeito foi solto pela polícia. Significa que ela pode correr perigo.

– E você veio para cá para protegê-la? Gesto heroico, próprio de um homem apaixonado. E essa cantora, espere...

De repente, ele emudece. Sua fisionomia muda repentinamente. Ergue-se da cadeira, atravessa o corredor entre os livros e sai à calçada. Vou atrás. Ele aponta o cartaz afixado no paredão ao lado de sua loja e me olha com uma expressão interrogativa.

Movimento a cabeça afirmativamente.

Miguel permanece pensativo por alguns instantes e logo solta uma boa risada.

– Eu estava quase acreditando em você.

– Se eu ouvisse de alguém, teria a mesma reação. Me encontro na mesma posição do personagem do tango. "Ainda que a vida te quebre, ainda que te morda uma dor, não esperes uma ajuda, uma mão ou um favor".

Retiro do bolso o bloco de anotações. Dentro dele está dobrada a última carta de Juliette e um recorte de jornal sobre sua recente apresentação no Olympia de Paris com uma dedicatória amorosa. Ele começa a ler, volta à livraria e senta-se à escrivaninha sem tirar os olhos da carta.

Paris, 2 de maio de 1937

Mon cher Paulo,

As coisas estão acontecendo numa velocidade estonteante. Semana passada cantei no Olympia e você sabe o quanto eu fantasiei esse momento. Você me dizia: "Acredite, *chérie*. Com o seu talento você pode cantar onde quiser, e se não a convidarem, azar o deles!". Eu ria, *mon petit con*. Foi pensando nisso que entrei no palco, o teatro lotado, a plateia curiosa para me conhecer. Uma "nova estrela", imagine. Meu coração batendo mil vezes por minuto. Fechei os olhos e veio a tua imagem. Minha voz saiu como há muito não fluía. Quando vieram os aplausos, pensei em ti, na tua ausência, e meus olhos se encheram de lágrimas. Não sei quanto tempo eu aguento sem os teus abraços, teus beijos e você sabe o que mais, *mon amour baclê.*

Chega de tristeza. Quero contar uma história engraçada que aconteceu um dia desses. Lembra daquela vez na exposição, quando tentávamos fugir de Jacobo e seus capangas e você, para juntar gente, inventou que eu era uma atriz de cinema famosa que tinha sido convidada para filmar com Chaplin? Eu respondi que era perigoso porque a gente ia filmar e acabava se casando com ele. Pois eu estava jantando com meu empresário, monsieur Leblanc, e sua esposa, quando o Chaplin em pessoa apareceu no restaurante e não tirou os olhos de mim. Alguém falou quem eu era e ele veio até nossa mesa. Foi muito gentil e educado, mas no final de uma breve conversa perguntou se eu cogitava me tornar atriz. Eu tive um acesso de riso incontrolável. Depois pedi desculpas e falei que, por enquanto, não pensava nisso.

Às vezes, acontece de encontrar alguma celebridade. Já me sentei à mesma mesa com Edith Piaf e fui elogiada por Marlene Dietrich, mas isso não me tira os pés do chão. Tenho muito caminho a percorrer até chegar perto delas.

Mas não pense que minha vida é de glamour, restaurantes, celebridades. Minha rotina é ensaio, ensaio, ensaio. No mês que vem tenho vários concertos na Polônia, inclusive em Krakow, minha linda cidadezinha. Você deve imaginar o turbilhão de emoções que vou sentir. Meu disco já chegou no Brasil? Escolhi o título: *J'attendai*, pensando em ti, porque é esse sentimento que me dá forças.

Tudo está dando certo, menos uma coisa. A falta que você me faz. Não gostei da sua última carta. Me pareceu triste e desanimado. As suas desculpas para não vir ao meu encontro já gastaram, fico pensando se você me ama de verdade ou seus sentimentos arrefeceram.

Mas você terá outra chance. Em agosto vou cantar na Argentina, muito perto de Porto Alegre, e não aceito desculpas. Em Buenos Aires vivi meu inferno e minha redenção, mas eu sei que os que me fizeram mal estão presos e não representam risco. Quero aproveitar as coisas boas da cidade, mas a teu lado. Mal posso esperar para te ver de novo. Estou contando os dias, sonhando que você vai aparecer na minha frente com o cabelo despenteado e o terno amassado, mas pelo menos compre uma gravata nova.

Avec tout mon amour,

Juliette

Ele termina a leitura e volta-se para mim.

– E o romance de vocês dois?

– Continuamos nos correspondendo, cartas apaixonadas, como você viu, mas hoje estou convencido de que não há um lugar para mim na vida dela.

– Não vejo por quê. Se vocês se amam...

– O que eu faria? Viveria às custas dela, como um peso morto? Em pouco tempo ela perderia o respeito por mim. Bem, mas no momento isso não importa. Juliette vem se apresentar em Buenos Aires e eu soube que o sujeito que tentou subjugá-la está à solta.

– É o tal Jacobo a que ela se refere na carta?

– Jacobo Weiss.

– Não conheço, faz menos de um ano que estou de volta.

– Sei que ele possuía um clube noturno, mas atualmente ignoro onde anda. O problema é que Juliette não sabe que o seu perseguidor está solto. Por isso, eu vim.

– Imagino que pretenda procurar a polícia.

– É um campo minado. Esse sujeito gabava-se de ter a polícia na mão. Tanto que, após ser preso em Porto Alegre e haver confessado que matou a mãe de Juliette, ele acabou solto tão logo botou os pés aqui.

– Bem, não sei como poderia ajudá-lo.

– De qualquer forma agradeço seu interesse, me fez bem falar com alguém com quem se tem afinidades, mas preciso procurar um canto para dormir. Vi que há uma pensão ali na frente.

– É só para mulheres. Um determinado tipo de mulheres, se é que me entende?

Aperto a mão de Miguel e sigo para a porta.

– Espere. Olhe, não posso levá-lo para a minha casa, que mal dá para mim e *mi vieja*. Mas se *usted* não se importa com o cheiro dos livros, pode pousar aqui. Tem uma poltrona que não é a mais confortável do mundo e uma banqueta para estender os pés. Pelo menos até conseguir algo melhor.

Olho comovido para o alfarrabista.

– Não estou em situação de recusar. Mas você está convidando para dormir na sua loja uma pessoa que recém conheceu?

– Fiquei impressionado com a sua história. Parece sincero. De mais a mais, é uma loja de livros. Se eu tivesse uma joalheria, pensaria duas vezes – ele ri.

REPUBLICA ARGENTINA
1930

3

Como Miguel havia previsto, o Banco Nacional de Préstimos não aceitou empenhar o relógio de pulso sem o respectivo certificado de compra. Consigo alguns endereços de casas de penhor no bairro Once e saio a peregrinar. É um bom relógio, um Technos de aro dourado que ganhei da minha mãe quando entrei na Faculdade de Direito, o qual, mesmo usado, vale talvez 70 pesos. Porém, passo a tarde ouvindo propostas de valores escorchantes. No máximo 30 pesos.

Por fim, encontro uma boa alma. Um velho judeu chamado Andrej Majewski, dono de uma pequena joalheria na Avenida Rivadavia, comove-se com a história de um brasileiro que veio a Buenos Aires para encontrar uma namorada polonesa, mas foi assaltado ao chegar.

– *¿De qué ciudad es ella?* – ele pergunta enquanto examina o relógio.

– Krakow.

– *Una ciudad preciosa. ¿Ya estuviste allí?*

– Ainda não, mas não vejo a hora de conhecer.

– *Te pago 30 pesos.*

– Ora, senhor Andrej. É um bom relógio. Vale mais.

– *Yo sé y lamento que estés en esta situación. Pero las cosas están difíciles en Argentina. Hace 30 años que vivo acá y no recuerdo haber visto algo igual.*

– 35!

– *Pago 33. Como muestra de buena voluntad, si usted vuelve con el dinero antes de una semana, no le cobro nada.*

Saio dali e entro na primeira farmácia para comprar o básico: aparelho de barba (2,50 pesos), Gillette (1,50 o envelope com 10 lâminas), sabonete Palmolive (70 centavos a barra), escova de dente (1,5 peso) e dentifrício Kolynos (1 peso o tubo). O blusão de lã mais barato que consigo no comércio local custa 12 pesos. Faço as contas: do valor obtido com o penhor do relógio mais os oito pesos que guardo na carteira, descontadas as compras de emergência, restam 13 pesos e 80 centavos.

O cair da tarde vai escurecendo um dia absolutamente inútil. Preciso comer algo. A última possibilidade, antes de retornar à livraria, é o Café Victoria. O aroma reinante é de tabaco forte e dos pernis de *jamón* pendurados no teto. Do rádio sobre o balcão, um *bandoneón* lamuriento é alvejado por estalos de bolas de bilhar vindos da sala contígua. O relógio de parede mostra sete da noite. Entre as opções oferecidas no simplório cardápio da casa, peço ao sujeito gordote de avental encardido *un pan con chorizo y una botella de vino*, ao custo de 1 peso e 20 centavos. Acomodo-me em uma das mesas redondas de mármore envelhecido e espero.

Na mesa ao lado, dois anciãos investem a energia que lhes resta em uma partida de xadrez, tão arrastada quanto suas existências. Um pouco adiante, um homem e uma mulher trocam palavras ásperas alternadas com expressões de sarcasmo, como se estivessem no derradeiro ajuste de contas de sua vida em comum. Ao fundo, dois homens encapotados arrocham em altos brados um sujeito de camisa de flanela vermelha, o qual não sabe onde se enfiar. É possível entender que se trata de uma dívida não paga. O dono da bodega vai até eles e pede moderação.

Devoro o sanduiche com avidez. A esta altura, o casal já deixou de lado a hostilidade e os dois começam a trocar olhares ternos e palavras maliciosas. Os enxadristas prosseguem em seu jogo sonolento e os dois encapotados fazem menção de abandonar o tipo de camisa de flanela, não sem antes ameaçá-lo com dedos em riste.

– *¡Mañana, aquí!*

Retorno à livraria vestindo o blusão novo por baixo do paletó e carregando a sacola com o material de higiene, mais a metade da garrafa de vinho, que não é dos piores que já bebi na vida. Miguel já se retirou. Dou boa noite ao cartaz de Juliette e giro a chave na fechadura.

Os dias sem Juliette são longos e tristes. As noites, insuportáveis. Apego-me às lembranças. Durante os sete meses que passamos juntos, várias vezes rememoramos aquele instante mágico na pensão da Aurélia que uniu uma artista esfuziante, cheia de encantos, ainda em início de carreira, e um sujeito meio sem graça, malvestido e cansado de um árduo dia de trabalho. Repassávamos cada momento, discordávamos em detalhes, disputávamos versões, ríamos:

– Fui eu que te tirei pra dançar.

– Mentiroso! Você parecia um coelhinho assustado, usando uma gravata *horrible*.

– E tu só veio até mim pra fugir dos outros.

– É verdade, mas não foi só por isso.

– Diz a verdade. Pensou que eu era inofensivo.

– Tão inofensivo que me levou pra cama na mesma noite.

– Se não me engano, foi tu que me levou pro teu quarto.

– Eu estava nervosa com os trovões.

– Tá arrependida?

Todas essas recordações me umedecem os olhos e se esvaem em um vazio inapelável. O vazio da ausência. Sobraram as lembranças e uma fotografia emoldurada de nós dois, rostos colados e aflitos, tirada no pavilhão da Exposição Farroupilha na noite em que escapamos de um brutamontes chamado Jacobo Weiss. Na época, eu já descobrira que Juliette, na verdade, se chamava Agniezka Wojcika, uma jovem polonesa que atravessou continentes para buscar, na Argentina, sua mãe desaparecida e lá fora subjugada pelo tal Jacobo. Passado o drama e preso o perseguidor, demos boas risadas ao lembrar as circunstâncias inusitadas da fuga.

Com Juliette tudo era leve e divertido, mas o momento da despedida se aproximava, ameaçador. Quando, encerrada a temporada no Teatro Variedades, nos despedimos no cais do porto com um beijo interminável, saudado por risos e gritinhos maliciosos das outras artistas da companhia debruçadas na escotilha do navio, restou a promessa mútua de um hipotético reencontro. Em Paris, Juliette daria impulso em sua carreira artística, enquanto eu permaneceria como jornalista provinciano especializado em noticiário policial, guardando dinheiro para ir ao seu encontro e aí decidiríamos o que fazer. Uma combinação débil que nos confortou naquele momento, mas se tornou impraticável pelo rumo dos acontecimentos.

Desde então, Juliette decolou para o estrelato. Em poucos meses, saltou de principal cantora da companhia para uma fulgurante carreira individual. Cada carta e cada recorte de jornal que ela me envia falando de seus shows em Paris, Londres, Viena, Praga, me enchem de orgulho, mas escancaram a impossibilidade de futuro em comum, mesmo que elas finalizem com mensagens amorosas rogando que eu vá ao seu encontro.

Decidi não ir. Mas as coisas mudaram no dia em que Dona Hulda, a viúva judia que me aluga a parte dos fundos de sua casa, no bairro Santana, bateu à porta, sorridente.

– Recebi carta da Juliette. Ela vai cantar em Buenos Aires em agosto, sabia?

– Sim.

– Se queixou de ti, diz que tu não responde mais as cartas dela. Isso não é coisa que se faça, Paulinho – ela me repreendeu em tom maternal.

– Estou esperando ter alguma coisa boa pra contar.

Dona Hulda apertou um canto da boca e piscou um olho.

– Conta outra.

– Tenho pensado muito e não encontro saída. O melhor para ela é me esquecer.

– Como é que tu pode dizer uma tolice dessas?

– Eu pretendo escrever pra ela dizendo isso, mas não encontrei um jeito.

– Tá dizendo isso da boca pra fora. Eu te conheço. Vocês se amam. Ela é louca por ti.

– Naquele tempo, nossa relação era equilibrada. Um jornalista e uma cantora de uma companhia musical. Agora a coisa mudou de figura. Juliette é uma estrela em ascensão. É solicitada para cantar nos melhores teatros, gravou um *long play*. Ela me escreve contando de sua carreira, dos lugares que visita, elogios da crítica. E eu vou contar o quê? Do cara que esgoelou a mulher, do outro que deu um desfalque no banco, do menino atropelado por um bonde?

– Tá sendo muito rigoroso consigo mesmo. Tu é um ótimo jornalista, um rapaz de bem, de bons modos. Olha, ela vem a Buenos Aires. Aproveita e vai ao encontro dela. Não é tão longe. Aí, vocês passam um tempo juntos, conversam...

– É pior. Seria prolongar uma situação que já deu o que tinha que dar. A Juliette deve seguir o seu caminho, cuidar da sua carreira. Eu seria um peso morto ao lado dela.

– Sem ti ela não vai ser feliz.

– Ela precisa me esquecer. Vai encontrar alguém do mesmo patamar.

– E tu? Como fica?

Não consegui dizer nada. Dona Hulda ainda tentou me animar com palavras alentadoras. Ante meu silêncio, olhou-me com piedade. Ao sair, escutei ela dizer algo e estremeci.

– Não entendi bem o que a senhora falou.

– Falei sobre aquele sujeito que perseguia Juliette, o tal Jacobo não sei das quantas. Ele está preso em Buenos Aires, não?

– Sim...

– Eu disse: vamos rezar para que não tenham soltado a criatura. Sabe-se lá o que esse louco é capaz de fazer.

No dia seguinte, ingressei na masmorra construída na península junto ao Guaíba, atravessei o portão de ferro e me dirigi à sala da administração, à esquerda do pátio central. O diretor me recebeu com a tradicional má vontade estampada no rosto.

– Preciso falar com um preso.

Gastei uns bons minutos para convencê-lo a me atender e mais quase meia hora até que os agentes penitenciários trouxessem à minha presença um sujeito franzino, enfiado em um uniforme folgado de zuarte com listras verticais em lugar do terno preto com que o vi pela primeira vez em seu escritório e, depois, na noite em que tentaram capturar Juliette no cassino da Exposição Farroupilha. Ao me ver, Aaron Fleischer vacilou, olhou para os dois guardas como se pedisse explicação. Finalmente, sentou-se à minha frente e tentou adotar uma postura irônica, mas não é seu forte.

– Ora, vejam. O gigolô da polaquinha! Quanta honra. Veio conferir *in loco* o estrago que causou a este pobre cidadão?

– Vim em missão de paz, doutor Abraão.

– Vou lhe dizer uma coisa. Eu simpatizava com a garota, acredite. Soube que ela está se dando bem, requisitada pelas melhores casas de espetáculo da Europa. Aliás, não sei o que você ainda está fazendo por aqui. Fosse qualquer outro, estaria bebendo *champagne* francês às custas do talento da moça.

– Preciso de uma informação.

O homenzinho projetou o rosto em minha direção, ajeitou com o dedo indicador os óculos que teimavam em escorregar até a ponta do nariz adunco e falou baixo, para não ser ouvido pelos guardas.

– Escute aqui, seu... Tudo transcorria às mil maravilhas, todas as combinações sendo respeitadas de parte a parte, tudo iria se resolver sem dramas, mas apareceu um intruso pra estragar tudo – ele me apontou o dedo –, alguém que se meteu onde não foi chamado e pôs tudo a perder. Arriscou a vida da jovem sem necessidade.

– Jacobo Weiss veio da Argentina para sequestrá-la ou coisa pior.

Aaron fez uma careta e sacudiu a cabeça para os lados com veemência, a ponto de lhe caírem os óculos. Ele os juntou e disse:

– Você não sabe de nada, nada!

– Então me conte.

O homenzinho olhou para os lados e jogou-se para trás.

– Há mais de um ano uma coisa não me sai da cabeça. Penso nisso dia e noite e não consigo encontrar a resposta.

Já sei o que ele vai perguntar e me antecipo.

– O passaporte de Juliette?

– Agniezka.

Contei a epopeia em detalhes, iniciando no dia que casualmente vi Juliette no Centro da cidade e a segui por curiosidade até o edifício Bier Ullman, ao segundo andar, onde se localizava escritório que, soube depois, pertencia a Aaron Fleischer, o "doutor Abraão", um contrabandista de bebidas na mira da polícia. Matutei o que ela teria ido fazer naquele local. No dia seguinte, a pretexto de comprar um uísque importado, fui à misteriosa sala. Aaron me tratou com mau humor. Enquanto ele buscava a bebida, coloquei um pequeno calço na janela. Ao final da tarde, entrei no prédio e esperei anoitecer. Então, saí para um pequeno corredor externo do segundo andar do prédio e caminhei com dificuldade até a janela correspondente ao escritório. Graças ao calço de madeira, consegui erguer a janela e ingressar na sala de Aaron. Passei boa parte da noite copiando documentos, tabelas, agendas, transcrevendo telegramas, até encontrar a chave que abria um arquivo metálico contendo pastas repletas de passaportes de jovens estrangeiras. Comparei com os nomes e os valores das tabelas. Evidentemente, tratava-se de um caso de extorsão. Peguei o documento de Juliette – quando fiquei sabendo que seu nome verdadeiro era Agniezka Wojcika – e me retirei pela janela.

Aaron Fleischer ouviu tudo de boca aberta.

– Agora é sua vez – eu disse. – Quero saber de Jacobo Weiss.

Ele deu de ombros, como se não entendesse a pergunta.

– O doutor Jacobo segue à frente de seus negócios na Argentina, prosperando a olhos vistos, como se espera de um bom empresário.

Estremeci.

– Ele está... solto?

– Natural. Não cometeu nenhum crime.

– Como puderam soltá-lo? Ele matou a mãe de Juliette! Confessou na frente de um delegado.

– O delegado fez confusão, talvez porque não entenda bem o idioma espanhol. Quando o doutor Jacobo foi ouvido pela polícia argentina, tudo ficou esclarecido. Na noite em que ela morreu, ele usufruía merecidas férias em Bariloche. Foi arquivado como um crime insolúvel, como tantos no baixo mundo, lá, aqui ou em qualquer outro lugar.

– Mas... as chantagens, os passaportes?

– Um grande mal-entendido. Os documentos estavam sob a minha guarda e foram devolvidos às respectivas donas. Nenhuma delas prestou queixa, nem teria por quê.

Ouvi estarrecido. Tentei dizer alguma coisa, desconcertá-lo.

– Só você que se deu mal.

Ele desdenhou.

– Fui condenado por contrabando. A legislação é um tanto retrógrada nessa questão, você não concorda? Todos se esbaldam no uísque importado, empresários, políticos, juízes, porém só o fornecedor é punido. Há um pouco de hipocrisia nisso tudo, mas paciência. Minha pena se extingue daqui a dois meses e então poderei retomar minhas atividades, agora com mais cuidados.

Aaron Fleischer ergueu-se da cadeira com um ar triunfal e dirigiu-se à porta. Antes de sair, provocou:

– A propósito, a Agniezka vai se apresentar em Buenos Aires daqui a uns meses. Aposto que o doutor Jacobo estará na primeira fila. Será um reencontro memorável. Gostaria de estar lá para assistir. Você não?

Senti vontade de esmurrá-lo.

As lembranças me atropelam. Improviso um banho no minúsculo lavabo de Miguel e me abanco na escrivaninha, finalmente sentindo algo parecido com paz de espírito. Ligo o rádio e giro o botão até encontrar a voz de Gardel.

Que el mundo fue y será una porquería, ya lo sé / En el quinientos diez, y en el dos mil también / Que siempre ha habido chorros, maquiavelos y estafaos / Contentos y amargaos, valores y dobles.

Não duvido que a música também seja do amargo Enrique Discépolo. Procuro um livro que me ajude a relaxar entre os milhares disponíveis da livraria de Miguel. Sobre a mesa, encontro *Cuadernos de San Martín*, de Jorge Luis Borges, outro, com um título instigante de *17 disparos contra el porvenir*, de Adolfo Bioy Casares, e chego a *Los 7 locos*, de Roberto Arlt, o nome que ouvi de meu companheiro de viagem, o radialista Alfredo Lezcano: *Nuestro mejor escritor*. Vamos ver.

Bebo um gole do vinho. Gardel continua a desabafar:

Hoy resulta que es lo mismo ser derecho que traidor / Ignorante, sabio o chorro, pretencioso o estafador / todo es igual, nada es mejor / ¡Lo mismo un burro que un gran profesor! / No hay aplazaos, qué va a haber, ni escalafón / Los inmorales nos han igualao.

O livro gira em torno de um sujeito que precisa conseguir *plata* para cobrir um desfalque que praticou em seu local de trabalho. Nas primeiras páginas, seu drama assemelha-se ao de Naziazeno, o personagem de *Os ratos*, do doutor Dyonelio. Porém, *Los 7 locos* logo adquire um viés mais alucinado, quando o autor vai inserindo personagens bizarros que tramam uma revolução maluca. A história promete.

Atravesso a madrugada na companhia de Reinaldo Erdosain, o angustiado anti-herói de Roberto Arlt, e seus amigos ensandecidos. Faltando umas 20 páginas quando o dia começa a raiar, as letras embaralham, o vinho acaba e o sono chega. Vou até a porta para me certificar que está trancada e vejo um sujeito um tanto agitado sair da pensão do outro lado da rua. Desligo a lamparina, acomodo-me na poltrona e coloco os pés na banqueta, aquecido pelo vinho e pelo pulôver recém-comprado. Durmo mal, desconfortável no duro estofado oferecido pelo novo senhorio. Tenho fragmentos de sonhos que não chegam a formar uma história, mas seguem o mesmo padrão recorrente: a dificuldade de chegar a algum lugar.

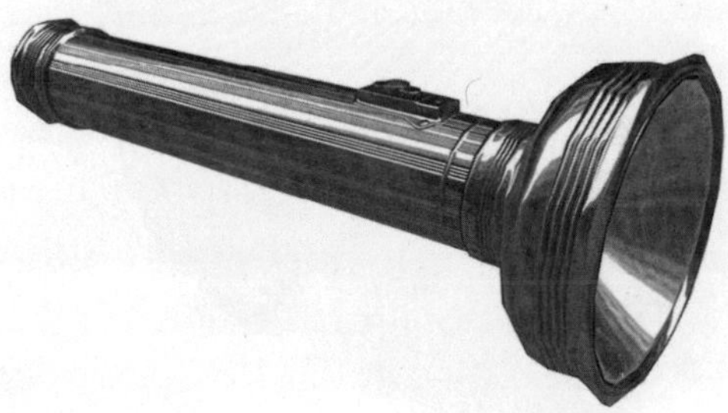

4

Acordo de sobressalto com a gritaria enlouquecida da rua, como se o mundo estivesse acabando. Permaneço alguns instantes sentado na poltrona, em transe, o corpo dói, mas o gritedo se impõe. O relógio de parede da livraria marca 8 da manhã. Visto o casaco e atravesso a rua. Mulheres falam ao mesmo tempo, algariadas, em seus idiomas de origem – russo, polonês, iídiche –, de forma que vou entrando no casarão sem entender o que ocorre. Atravesso o corredor e chego à peça dos fundos, diante da qual três das moças tagarelam junto à porta.

É um quarto atapetado, ricamente mobiliado com guarda-roupas, toalete, pequenos móveis e uma cama de casal de peroba clara. No chão, jaz um corpo de mulher aparentemente de meia-idade, nua, de bruços, com o braço esquerdo estendido e o direito dobrado sob o corpo. O rosto muito alvo está recostado sobre uma poça de sangue ainda em processo de coagulação que se esvaiu dela através de um talho considerável em seu pescoço.

Quando penso em perguntar se alguém avisou a polícia, um sujeito encorpado de meia-idade irrompe no quarto esbanjando autoridade e me empurra para fora, com rispidez.

– *¡Nadie toca nada!*

Ajoelha-se e investe uns bons minutos examinando o cadáver. Ergue-se, pede um lençol para cobri-lo e põe os olhos na cama tingida por uma grande mancha de sangue.

– *¿Que pasó acá? ¿Alguien puede contar?*

A mais calma delas – pelo sotaque, é brasileira – esclarece que a morta é a dona da pensão, que elas chamam de Dona Lili, mas não sabe o nome verdadeiro. As mulheres estranharam que ela não acordou cedo, como acontecia normalmente. Uma delas bateu à porta, mas não houve resposta. Então, acionou o trinco e deu de cara com a cena tétrica.

– Roubaram alguma coisa?

A garota aponta um porta-joias aberto e vazio sobre a penteadeira.

– Tinha anéis, colares, pulseiras, brincos. E guardava o dinheiro na cômoda – indica uma gaveta escancarada.

Chega o rabecão para recolher o corpo. O comissário pede ao inspetor que anote o nome das moradoras e ordena que todas compareçam à delegacia do bairro para prestar depoimento às duas da tarde.

– *¡Usted también!* – dirige-se a mim.

Volto à livraria. Miguel aparece com um pacote de papel.

– O que houve lá fora?

– Assassinaram a dona da pensão.

Miguel arregala os olhos.

– Pior, você não vai acreditar. Eu enxerguei o assassino.

– O que me contas?

– Estava amanhecendo. Vi um sujeito sair do prédio rapidamente com a cabeça enfiada nos ombros. Na hora não atinei e peguei no sono.

– Viu o assassino?

– Suponho que sim.

– Contou à polícia?

– Vou depor no início da tarde.

– Parece que você atrai confusão – ele ri.

– Nem me fale.

– *Media luna con jamón y queso* – ele oferece o pacote quentinho de padaria. – Bom proveito.

Enquanto saboreio o lanche, Miguel vai à porta observar o movimento diante da pensão. O corpo coberto por um lençol é colocado no rabecão. O comissário já deixou o prédio e seu auxiliar ainda anota os nomes das inquilinas.

– Antigamente, o casarão servia como bordel e a tal da Lili era a cafetina. Uma mulher de meia-idade, resquícios de uma beleza. É provável que fosse uma das polacas trazidas pelos judeus. Quando voltei do exílio, o prédio foi transformado em pensão para moças. Imagino que com a lei que acabou com os prostíbulos, ela se conformou em alugar quartos e não queria confusão.

– Ela tinha amantes?

– Não sei dizer.

O inspetor atravessa a rua e vem em minha direção, com uma caderneta em punho.

– *¿Nombre?*

– Paulo Koetz.

– *¿Profesión?*

– Brasileiro, em férias.

– *Tiene que estar en la comisaría a las 2 de la tarde en punto.*

– *Está bien* – respondo.

O policial se afasta. Miguel vê a garrafa vazia na lixeira.

– Dormiu bem?

– Não me queixo. Fiquei lendo e escutando música até tarde. A propósito, *Cambalache* também é de Discépolo?

– *Si, ¿viste?*

– Imaginei. Então, peguei no sono quando o vinho acabou, mas acordei algumas vezes quando as moças chegavam. Já era quase de manhã quando vi o tipo deixando o prédio.

– Poderás reconhecê-lo?

Faço um gesto de dúvida movendo a cabeça para os lados.

– Seria bom aproveitar a oportunidade e denunciar o roubo da mala.

– Vou fazer isso.

Miguel começa a reunir os apetrechos para o mate da manhã.

– Falei com *mi vieja* sobre a tua história, espero que não te aborreças. Ficou ainda mais impressionada, mas tem uma opinião muito particular. Mesmo sem conhecê-lo, e um dia desses tu vais jantar conosco, ela arriscou um palpite. Acredita que você veio a Buenos Aires muito mais para rever a sua amada do que para assegurar-se que nada de ruim acontecerá a ela.

Sacudo a cabeça para os lados.

– Está enganada. Só decidi vir quando soube que Jacobo estava solto.

– Conseguiste uma boa desculpa, digamos assim.

Nesse momento, um sujeito idoso adentra a livraria e vai direto à escrivaninha de Miguel. Os dois trocam um cumprimento efusivo, sentam-se e mergulham numa interminável conversa sobre livros e política, com a pequena cuia rodando entre eles.

Caminho seis quadras e antes das duas da tarde estou na Comisaría del Once, na Rua Lavalle, um prédio cinzento de dois pisos com porta alta e dois janelões retangulares de cada lado. Apresento-me no balcão e o encarregado aponta um dos cantos onde estão as inquilinas da pensão, exibindo uma excitação nervosa diante de um sujeito que lhes faz perguntas de bloco em punho. É um tipo raro: pequeno e curvado, cabelos penteados para trás, óculos de lentes grossas e uma gabardine cinzenta que parece ser mais velha do que ele. Fico nas proximidades aguardando a minha vez.

O repórter acerca-se.

– Santiago Defenti, de *El Mundo. ¿Usted es testigo?*

– Temos um amigo comum.

– *¿Quién?*

– Alfredo Lezcano, da Rádio El Mundo.

– Claro. *Habla por los codos.*

– Viajamos juntos. *Soy periodista brasileño.* Paulo Koetz. *Mucho gusto*. Cheguei ontem, *ayer,* a Buenos Aires.

Apertamos as mãos. Ele ri.

– *Llegaste ayer y ya fuiste testigo de un crimen. ¡Qué azar!*

– *No te lo puedes imaginar. Mira, no hablo bien castellano.*

– *Habla portugués. Yo entiendo.*

Um policial interrompe a conversa e me chama à sala do comissário. Peço ao jornalista argentino que me espere até o final do depoimento.

– Tenho algo que vai lhe interessar.

– *Bueno* – ele responde.

Entro na sala considerando a possibilidade de que o comissário seja cupincha de Jacobo Weiss. Portanto, devo ser cuidadoso nas respostas. Mario Ledesma – o nome está escrito na plaquinha de metal em sua mesa – inspeciona-me de alto a baixo e faz um gesto vulgar apontando a cadeira à frente de seu birô.

– Paulo Koetz, *¿está bien?* – pergunta após ler as anotações do inspetor.

Confirmo com a cabeça.

– *¿Turista brasileño?*

– Sim, cheguei ontem a Buenos Aires.

– *¿Dónde te estás hospedando?*

– Tinha reserva no Avenida Palace, mas não gostei do serviço e estou à procura de outro hotel.

– *¿Cómo llegaste a la escena del crimen?*

– Estava caminhando pelo bairro, parei na livraria e, enquanto esperava abrir, notei o alvoroço do outro lado da rua e fui até lá, movido pela curiosidade.

Ele fica alguns instantes com os olhos fixos em mim, uma tentativa de intimidação a que já estou bem acostumado, pois está presente em qualquer delegacia do mundo.

– *¿Entras a menudo en casas de otras personas por curiosidad?* – comenta e tenta imprimir alguma ironia na pergunta.

– Nunca aconteceu, mas notei que havia uma confusão, não entendia o idioma das moças e acabei entrando.

– *¿Usted conocía a la víctima o a los residentes de la pensión?*

– Não. Como disse, cheguei ontem a Buenos Aires.

– *¿No te parece extraño que un turista brasileño recién llegado salga a hacer turismo y acabe presenciando un asesinato?*

– Só uma correção. Não presenciei o crime. Quando cheguei, ele já havia acontecido, mas concordo que é uma situação inusitada.

– Conhece alguém em Buenos Aires?

– Não, mas pretendo conhecer. *Chicas,* de preferência.

– *Estás libre, pero en cuanto encuentres un nuevo hotel, informa a la policía.*

– Perfeitamente.

Santiago Defenti fuma à porta da *comisaría.*

– Podemos tomar um café – eu sugiro.

– Este comissário é um *bruto.*

– Estou acostumado. Trabalho na crônica policial.

– Posso perguntar o que faz um jornalista brasileiro em Buenos Aires nesta época do ano?

– Vim rever uma antiga namorada.

– Um encontro romântico, então?

– Espero que sim, mas comecei mal. Logo na chegada, roubaram minha mala na *estación* Plaza de Mayo com meus pertences e todo o dinheiro da viagem.

– *¡Qué mala suerte!*

– Acabei sendo acolhido por um alfarrabista e dormi essa noite na livraria dele, que fica em frente à pensão onde ocorreu o crime.

Conduzo Santiago Defenti ao Café Victoria, o mesmo da noite anterior. Nos abancamos e ele me olha com curiosidade.

– *Bueno...* – ele está ansioso para saber o que tenho a dizer.

– Hoje de manhã, acordei com a confusão instalada no outro lado da rua. Entrei no prédio movido pela curiosidade de jornalista, fui ao quarto da falecida e vi a cena do crime. Porém, antes do dia amanhecer enxerguei um sujeito saindo da pensão, de uma forma suspeita, olhando para os lados e escondendo alguma coisa sob o casaco.

– *¿Viste al asesino?* – ele arregala os olhos por trás de duas lentes grossas.

– Vi mais. Retrocedendo um pouco, no início da noite, antes de retornar à livraria, estive aqui, neste mesmo café, para fazer uma refeição. Naquela mesa, havia dois tipos, provavelmente agiotas, pessoas que emprestam dinheiro a juro... Se diz agiotas aqui?

– *Usureros.*

– Dois *usureros* estavam ameaçando um terceiro homem. Ficou claro pra mim que se tratava de alguma dívida não paga.

– *¿Y?*

– Esse sujeito, pressionado pelos *usureros,* é o mesmo homem que vi saindo da pensão nesta madrugada.

Santiago escuta, boquiaberto.

– Estou convencido de que ele saiu daqui e foi extorquir a dona da pensão, a quem decerto já conhecia, talvez fossem amantes, pois a falecida estava nua. Diante da negativa dela, no desespero para pagar sua dívida, ele a matou e levou o que pôde, as joias e o dinheiro dela.

– *Bueno.* Imagino que contaste ao comissário.

– Não contei. Tenho minhas razões que mais tarde lhe explicarei.

– E onde se acha esse sujeito?

– Aqui mesmo, daqui a algumas horas. Os *usureros* deram um ultimato. Ele deveria pagar a dívida hoje à noite. Marcaram neste café. Não será difícil capturá-lo.

– Estás dando um prato cheio de *información*.

– Há um preço. *Un trueque*.

– *Hmmm* – ele solta uma risada maliciosa.

– Lezcano falou que você sabe tudo sobre a Zwi Migdal.

– Acompanho a Zwi há mais de 20 anos. *Es una historia infame*.

– Eu gostaria de ouvi-la.

A história infame de Santiago Defenti começa no final do século 19, quando milhares de judeus da Polônia, Rússia e Alemanha começam a emigrar para fugir dos *pogroms* e da pobreza. A Argentina era, então, um dos países mais ricos do mundo. Como sempre acontece, as expectativas se frustram tão logo os imigrantes colocam os pés no novo mundo. A falta de trabalho e o desespero econômico de famílias inteiras frequentemente empurram os homens ao crime e as mulheres à prostituição, muitas vezes com o consentimento dos pais ou maridos ou até obrigadas por eles.

– É um mundo sórdido.

– Surge então uma tal Sociedade Israelita de Socorros Mútuos Varsóvia. A pretexto de acolher os imigrantes judeus, essa entidade torna-se a fachada para uma rede que põe em funcionamento dezenas de bordéis.

Enquanto ele fala, recordo que Juliette, ao chegar a Buenos Aires à procura da mãe, procurou essa sociedade e foram eles que a encaminharam a Jacobo Weiss.

– As coisas eram facilitadas porque em Buenos Aires a prostituição era legalizada desde 1875. A lei considerava o trabalho das putas uma atividade socialmente necessária e apenas estabeleceu um controle sanitário para evitar a propagação de doenças. Assim, o que era um fenômeno fragmentado, movido pela necessidade, torna-se um grande negócio global, a partir da rápida e impressionante organização dos rufiões judeus.

– Homens prostituindo suas conterrâneas?

– Mais do que isso. Estamos falando de delinquentes percorrendo aldeias do Leste Europeu, seduzindo humildes camponesas com a tentadora promessa de bem-estar no Novo Mundo. No início, as moças eram rematadas como os escravos na Roma Antiga, acredita? Esses leilões aconteciam no Café Parisian e no Hotel Palestina. Em pouco tempo, esses rufiões passaram a dominar o ramo. Para se ter uma ideia, segundo o censo de 1910, dos 42 prostíbulos existentes em Buenos Aires, 39 eram administrados por judeus. No apogeu, falo no final da década passada, seriam quase 500 proxenetas que controlavam mais de 200 bordéis explorando cerca de quatro mil mulheres.

– Isso também aconteceu em vários lugares do Brasil, especialmente no Rio de Janeiro.

– Exatamente. Não falo de cabarés ou clubes noturnos, que exigiriam investimentos em mobiliário, luzes, música, funcionários. Isso também havia. Mas na grande maioria, eram prédios de alojamentos com cama e pia, no máximo bebidas e alguns tabuleiros de xadrez na sala onde as mulheres esperavam seus clientes. Tudo muito rápido. Combinavam o preço, sem perda de tempo, sem *glamour*, tudo descomplicado. Algumas recebiam mais de vinte clientes a cada dia.

– Repugnante.

– Enquanto isso, seu rufião vivia nos cafés, no turfe, em companhia de perdulários como ele, gastando o dinheiro das coitadas, sem lei que o alcançasse. *¡Hijos de puta!*

Santiago está trêmulo. Acende um cigarro e tenta se acalmar.

– Me diga, Pablo. Por que razão somos *periodistas*? *¡Usted!*

Penso um pouco para encontrar uma resposta adequada ao momento.

– Para evitar que as pessoas sejam enganadas.

– Muito nobre de sua parte. Um tanto ambicioso. *No tengo ilusiones.* Pelo contrário. *Soy periodista* para evitar que *las personas* se iludam achando que a espécie humana tem salvação.

– Um tanto pessimista.

– Pode ser, mas, se formos analisar a fundo, somos *periodistas* pelas mesmas razões, talvez com enfoques diferentes. Você precisa saber de uma situação perversa. Vários pais empurravam suas filhas cientes do que lhes aconteceria e muitas mulheres vinham para cá sabendo o que as esperava. Várias delas, exploradas por seus proxenetas, sonhavam em converter-se algum dia em *madamas*, ou seja, administradoras dos bordéis e não mediam esforços. Chegavam ao cúmulo de delatar companheiras que eventualmente pensavam em se rebelar. E muitas alcançaram esse estágio. Por isso eu digo: o ser humano como espécie não presta.

– Talvez não tivessem opção.

– Antes da fome vem a dignidade.

– Provavelmente, não tinham esse alcance filosófico. Mas voltando à Zwi Migdal. Eu me pergunto como eles sobreviveram tanto tempo à margem da lei.

– As casas de tolerância da Zwi Migdal tinham clientes especiais que lhes davam proteção em troca de vultosas somas de dinheiro.

– Policiais?

– Não só. Autoridades, juízes, funcionários do governo. A corrupção permitiu que os prostíbulos se multiplicassem como cogumelos à sombra de pinheiros. Em pouco tempo, a rede se expandiu para o Uruguai, para o Brasil, outros países do continente. A Sociedade Varsóvia financiava as viagens dos aliciadores para recrutar mulheres, emprestava dinheiro para quem quisesse instalar um bordel, encarregava-se do suprimento dos objetos de trabalho, como roupas de cama e materiais de higiene. Quando havia problemas, a organização indenizava os associados que, por algum motivo, perdessem uma escrava, organizava o remanejo das meretrizes de um prostíbulo a outro quando surgia alguma animosidade, oferecia juízes para arbitrar os conflitos entre rufiões e garantia todo o respaldo institucional, dadas as suas excelentes *relaciones* com o poder. Mas também punia os associados que não cumprissem suas obrigações.

– Imagino que a atuação do grupo era malvista na comunidade judaica.

– No início, eles procuravam se entrosar, tentavam participar das orações e cerimônias, faziam doações generosas às sinagogas, mas a moral judaica falou mais alto. Eles passaram a ser rejeitados a partir das primeiras notícias publicadas pelo *Yiddische Zeitung*, o jornal da comunidade, que denunciou a máfia escondida sob a fachada da sociedade mutualista. As acusações de escravidão branca e da existência de proxenetas judeus e prostitutas judias tiveram um enorme impacto. O consulado da Polônia proibiu a sociedade de usar o nome "Varsóvia". Então, adotaram o novo nome, em homenagem a um de seus líderes, um patife chamado Luis Migdal. Os envolvidos com a rede eram chamados de *tmeiim*, *impuros*, em iídiche. Os líderes tentavam de todas as formas segregá-los, inclusive proibindo os impuros de frequentarem as sinagogas de Buenos Aires e de enterrarem seus mortos no Cemitério Israelita.

– Isso teve algum efeito?

– Somente obrigou a Zwi Migdal a construir seu próprio cemitério para enterrar os rufiões e prostitutas. Se você quer se aprofundar nessa história posso apresentá-lo a Zelig Gnopol. Ele faz parte de uma instituição chamada Ezras Nashim, que dá apoio às mulheres judias na Argentina e foi importante para desbaratar a Zwi Migdal, mas isso vou lhe contar mais tarde. Já são quatro horas e preciso dar um jeito no assassino da Dona Lili. Podemos continuar em outro momento?

– Claro. Posso procurá-lo amanhã, no jornal, se não for inconveniente.

– Sem problemas. Te aguardo.

– Última coisa. Onde fica o cemitério dos impuros?

– Por desfaçatez, os rufiões o instalaram num terreno ao lado do cemitério oficial de Avellaneda. Os túmulos dos judeus "de bem" e dos "impuros" estão separados por um muro. Fico imaginando suas almas numa discussão infindável por toda a eternidade. Santiago explica detalhadamente como chegar ao cemitério da Calle General Arredondo, usando vários meios de transporte coletivo.

Demoro quase duas horas para chegar ao destino. No caminho compro uma lanterna de segunda mão que me deixa dois pesos mais pobre. O sol perde a força e começa a esfriar de verdade. A porta do Cemitério Israelita está aberta. Ao lado, onde deveria estar o cemitério dos impuros, existe apenas um muro alto. Cerca de vinte pessoas escutam o rabino rezar diante de um caixão coberto por um pano bordado com uma estrela de Davi. Permaneço ali vendo o que vai acontecer. Ao fim da reza, o caixão é levado pelos presentes ao terreno onde estão as tumbas. A cova já está aberta aguardando o esquife. Aos prantos, uma mulher se ajoelha, antes que os funcionários comecem a cobri-lo.

Tudo é muito rápido e simples. Os familiares e conhecidos do morto se afastam e sobramos eu e o rabino. Ele me olha com impaciência.

– *Estamos cerrando.*

– Meu interesse está no cemitério ao lado.

– *No tenemos nada que ver com ellos.*

– Pelo que vejo, não há ninguém por lá.

– *La entrada es por la calle de atrás, pero está perdiendo su tiempo, está abandonado hace mucho, desde que agarraron a los tmeiim. Entiéndame, necesito cerrar.*

Ele segue para o interior da sinagoga e eu dou alguns passos em direção à rua. Quando vejo ele desaparecer em uma sala, faço meia-volta e retorno ao pátio. Ali permaneço oculto até as luzes se apagarem. O muro que separa os dois cemitérios deve ter quase três metros de altura. Encontro na sinagoga uma escada que me ajuda a transpô-lo. Subo com dificuldade e, lá de cima, percebo. Os dois espaços obedecem ao mesmo desenho: centenas de tumbas coladas umas às outras com pequenos corredores de acesso entre elas. A diferença é que no lado dos impuros a vegetação tomou conta dos passeios e avança sobre as lápides. Várias delas chamam a atenção pela opulência, por certo destinadas aos cafetões mais graduados e suas famílias, contrastando com as covas simples das prostitutas. Em algumas, sequer consta o nome da falecida.

Já quase não há iluminação natural. O escritório onde pretendo encontrar qualquer tipo de registro sobre a morte de Urzula localiza-se no lado oposto. Percorro o longo trajeto esgueirando-me entre os jazigos, muitos com os tampões de mármore retirados, escavações e sinais de profanação. Ao alcançar o prédio, preciso acionar a lanterna. Assim como no cemitério oficial, há um pequeno salão para as cerimônias fúnebres e um gabinete administrativo, com nítidos sinais de abandono, móveis derrubados, gavetas atiradas, papéis jogados ao chão, armários revirados e ruído de ratos se agitando com a minha presença. Aciono um interruptor de luz, mas não acontece nada. Olho a balbúrdia com desânimo e a forte impressão de que a operação começa a se transformar num rotundo fracasso.

No canto oposto à janela há algo parecido com um birô à frente de um retrato que mostra um rosto redondo de cabelos ralos, bigode um tanto grisalho e olhos claros, sobre uma plaquinha de metal onde está escrito "Luis Zwi Migdal". Custo a crer que um tipo com aparência simplória de um açougueiro de esquina tenha concebido uma organização tão perversa e de tal alcance.

Limpo a mesa empoeirada, antes da sair à busca dos relatórios onde constem os registros dos impuros falecidos.

Começo a recolher as folhas espalhadas pelo chão, faço uma pilha sobre o birô e vou examinando uma por uma. Em geral, são recibos, tabelas, ofícios, guias de compras, muitas escritas em iídiche. Perco algumas horas lendo e descartando papéis inúteis. Já é noite cerrada e as letras embaralham a minha visão. O desânimo junta-se ao sono em uma sórdida conspiração que não tenho forças para enfrentar. Recosto-me na espalda da cadeira, desligo a lanterna e adormeço na escuridão.

Primeiro ouço o atrito das rodas de aço sobre os trilhos. Viro a cabeça e vejo o farol crescer em minha direção. Obrigo-me a grudar na parede do túnel e retrair o corpo o mais que posso. Na passagem do *subte* enxergo o sujeito com cara de Ronald Colman. Peço a mala e ele aponta para a traseira do vagão. Logo, dois homens me cegam com suas lanternas. Não são homens e sim espectros. Ouço vozes atrás de mim. Juliette chora: "É Jacobo! Ele quer me matar. Não deixe!". Uma velha tenta consolá-la: *"Tranquilo, no puedem salir del túnel"*. Os espectros movem as lanternas. Os fachos de luz giram em todos os sentidos e me deixam estonteado. Agora eu os vejo melhor: são Jacobo Weiss e Aaron Fleischer. Um deles abre a mala. *"¡La valija, vamos!"*, ele provoca.

Os personagens vão sumindo. Acordo e estou de volta à sala escura do cemitério, mas as luzes continuam dançando. Vou à janela e abro uma fresta na persiana de madeira apodrecida. Três ou quatro vultos caminham entre os túmulos, valendo-se de lanternas. Com certeza, profanadores de cadáveres em busca de alianças, joias ou dentes de ouro dos falecidos. *Buscavidas*, na selvagem luta pela sobrevivência, diria o alfarrabista Miguel. Eles abaixam-se e começam a escavar uma cova. Lamento, mas preciso afastá-los. Pego um maço de papéis e enrolo em forma de canudo para usá-lo como uma espécie de megafone. Retorno à janela e começo a cantilena, caprichando no sotaque. A voz sai distorcida e um tanto tenebrosa:

– *Helf mir shtendik zogn di ams in der anveznheyt fun di shtarke aun keynmol nisht zogn ligns tsu bakumen di aplodismentn fun di shvakhe. meyn got! aoyb du gibst mir glik, nem nisht avek meyn glik; aoyb du gibst mir shtarkeyt, nem nisht avek meyn khkhmh; aoyb ikh ver gegebn vaoylshtand, loz mir nisht farlirn meyn basheydnkeyt, aun bavorn bloyz dem shtolts fun virde.* *

Os *buscavidas* erguem-se de supetão. Olham ao redor assustados, apontam as lanternas em todas as direções. Prossigo na ladainha, com a voz distorcida pelo canudo de papel. Os invasores olham-se assustados, trocam gritos exasperados e chispam em direção ao muro, onde deixaram uma escada.

* Ajuda-me a dizer sempre a verdade na presença dos fortes e jamais dizer mentiras para ganhar os aplausos dos fracos. Meu Deus! Se me deres a fortuna, não me tires a felicidade, se me deres a força, não me tires a sensatez; se me for dado prosperar, não permitas que eu perca a modéstia, conservando apenas o orgulho da dignidade.

Concentro-me no arquivo metálico caído a um canto. Primeiro, preciso colocá-lo de pé. Para abri-lo, devo encontrar a chave correspondente, a qual, se me restar um mínimo de sorte, estará na gaveta do birô. Encontro não uma, mas dezenas de chaves de vários tamanhos, unidas por uma argola larga.

Somente três delas correspondem ao tipo de fechadura. Acerto na terceira tentativa. O arquivo possui quatro compartimentos, cada um com cadernos de capa dura catalogados por ano, nada muito sofisticado. Minha intuição está certa. Ali estão os dados dos impuros enterrados desde a criação do cemitério.

Os mais recentes referem-se ao ano de 1934. Apanho os livros correspondentes aos últimos dez anos e volto ao birô. As páginas são separadas em colunas verticais onde constam data do sepultamento, nome da vítima, idade, *causa mortis* e um espaço com o nome do responsável pela encomenda do corpo.

Noto uma gigantesca desproporção entre o número de prostitutas e rufiões enterrados, cerca de dez por um. Os nomes vão se sucedendo: Chana Elfer, Frieda Giwner, Hanna Bessler, Joelle Ochstaein, Daniel Feiferkopf, Judith Lovkovitch. Então encontro o que procuro:

Data: 15/12 – Nome: Urzula Wojcika – Idade: 40 anos – causa mortis: –; Responsável: Moises Geist.

Meu dedo desce algumas linhas e encontra outro registro interessante.

Data: 22/12 – Nome: David Filkenstein – Idade: 55 anos – causa mortis: –; Responsável: Moises Geist.

Aperto os olhos. A memória responde na hora. David Filkenstein foi o sujeito que anos atrás trouxe a mãe de Juliette de Krakow para Buenos Aires com promessa de casamento. Confiro: os dois são enterrados com uma semana de diferença. Em ambos os registros, a *causa mortis* é omitida e o responsável pelo funeral é o mesmo. O que está acontecendo aqui? Quem é Moises Geist?

Chego à livraria no final da manhã com traje amarfalhado, barba de dois dias e o livro de registros debaixo do braço. De seu birô, Miguel me olha por cima dos óculos.

– Reapareceu o sumido. Nem vou perguntar por onde andou.

– Você não acreditaria.

– Leu os jornais? Prenderam o assassino da velhota ali da frente – ele aponta com o queixo. – Aquele que você viu na madrugada. Você não parece surpreso.

– Só estou cansado.

– O sujeito vinha sendo pressionado por agiotas e, no desespero, matou a mulher para roubar. Matéria exclusiva do *El Mundo* – ele aponta para o jornal aberto sobre a mesa. – O repórter policial deles é um virador. Santiago Defenti. Você precisa conhecê-lo.

– Conheci ontem na delegacia. Fiquei de visitá-lo hoje à tarde.

– Onde dormiu? Vai me matar de curiosidade?

– E se eu te contar que passei a noite em um cemitério?

– *¡Quéee!*

Conto para Miguel a minha jornada noturna no cemitério dos impuros e mostro o livro com as coincidências em torno da morte de Urzula e David Filkenstein.

Ele escuta, boquiaberto.

– Você roubou documentos do cemitério? – Miguel ri. – *Cada dos por tres*, você apronta alguma.

– Está abandonado. Não creio que alguém vá reclamar.

– O que você pretende fazer com isso?

– Procurar o tal Moises Geist. Mas agora preciso descansar.

TRANSPORTES
DE
BUENOS AIRES
SUBTERRANEOS
VÁLIDO PARA 5 VIAJES
VALOR $ 2
SERIE 27
Nº 89428
1
2
3
4
5

5

Ao final da tarde, chego à redação do *El Mundo*, na Calle Maipú, e procuro Santiago Defenti com os olhos. O salão é duas vezes maior do que a redação do *Correio do Povo* e o teto alto amplifica o matraquear das máquinas de escrever. Meu amigo está debruçado sobre sua Remington, os óculos quase grudados no teclado. Coloco-me a seu lado e espero uma brecha. Ele datilografa nervosamente usando dois ou três dedos de cada mão. Faz uma pausa, respira fundo e gira o rolo da máquina para visualizar o que escreveu. Então percebe a minha presença. Abre um sorriso daqueles que se oferece a um novo amigo e pede:

– Me dê uns dez minutos e já conversamos.

– Claro. Por acaso Roberto Arlt está por aqui?

– Você o conhece?

– Li um livro dele.

Santiago ergue-se da cadeira.

– Vem comigo – e me conduz até uma mesa junto à janela.

– Roberto! Esse é um colega brasileiro, seu leitor.

– Paulo Koetz. *Mucho gusto* – lhe estendo a mão.

Quando ele se ergue da cadeira, mostra-se mais baixo do que parecia. É um homem de estatura mediana, ombros largos, rosto quadrado, cabeleira escura dividida ao meio e um olhar penetrante, quase desafiador.

– *¿Lector brasileño? No sabía que mis libros se publicaban en Brasil.*

– Eu li aqui. Estou hospedado numa livraria. Bem, é uma longa história.

Santiago pede licença e retorna a sua mesa.

– Já estive no Brasil, na verdade, no Rio de Janeiro – Arlt conta.

– Sou gaúcho de Porto Alegre. É uma realidade diferente.

– *¿Gaucho? ¿Te llamas Koetz y te consideras gaucho? ¿Vives en el campo y montas a caballo?* – ele fala em tom de blague.

– Gaúcho da cidade.

– *Aquí también todos se llaman gauchos. Jugadores de polo con nombres escandinavos, maestros italianos, cantantes que nunca pisaron la pampa, incluso rufianes judíos; todos presumen de tener el coraje, la destreza y el entusiasmo de los gauchos. Bueno, los gauchos son los mestizos, los criollos. Esto es una apropiación indebida de los valores y las raíces culturales de la gente del campo: los valientes, indomables y trabajadores, ¿no te parece?*

– Faz sentido, mas é como os outros brasileiros nos chamam, não há o que eu possa fazer.

– *Bueno, no lo voy a aburrir con mis teorías disparatadas. ¿Qué libro leíste?*

– *Los 7 locos.* Estou quase no fim. Me chamou a atenção a forma que você explora as situações à exaustão.

– *Estos individuos, canallas y tristes, viles y soñadores, están atados por la desesperación, no solo por la privación material, sino por una especie de desorientación. Odian esta civilización, quieren creer en algo, arrodillarse ante algo, pero esta fe les está negada. Así, la angustia de estos hombres y mujeres surge de su esterilidad interior. Como dijo Dostoievski, cada hombre lleva dentro en su interior un verdugo de sí mismo.*

– São personagens insólitos e fascinantes.

– *A mí, como autor, estos individuos no me son simpáticos, pero los he tratado. El autor es esclavo durante un momento de sus personajes porque ellos transmiten verdades atroces que merecen ser conocidas, ¿no te parece? En definitiva: en esta obra no hay ningún casamiento, ni baile, ni declaración de amor. Pensé que a las mujeres no les iba a interesar, pero me equivoqué.*

Santiago reaproxima-se, já vestindo a gabardine.

– *¿Sabías que Roberto escribió crónicas policiales durante un buen tiempo?* Era repórter dos bons.

– *No tan bien como Santi. Además, tienes que contarme cómo descubriste al asesino de la madama.*

– Não revelo minhas fontes nem sob tortura.

Santiago leva-me a um café ao lado do jornal.

– Me conta de ontem – peço.

– Falei ao comissário Ledesma sem rodeios: sei quem é o assassino e como prendê-lo, mas quero exclusividade na divulgação. A princípio, ele considerou um blefe, não quis acordo, depois regateou, tentou negociar os termos da exclusividade e até mesmo como a notícia seria publicada, pretendia ganhar fartos elogios. Mas eu estou nesse ramo há uns bons vinte anos e não tenho dificuldade de lidar com isso. A conversa se estendia, ele jogava duro. Então me levantei, fui em direção à porta e falei: "*Bueno*, terei então que procurar a chefatura". Foi quando ele se rendeu e aceitou os termos. À noite, armaram a tocaia, com policiais disfarçados. Quando o assassino estava entregando o dinheiro aos *usureros*, a polícia entrou em ação e prendeu os três. O sujeito tinha as joias da falecida em casa e confessou que matou a velha por desespero. Os *usureros* também foram detidos, *pero* logo estarão livres como os pombos da Plaza de Mayo. *¿Le gusta el tango, Pablito?*

– Estou começando a gostar.

– Então vou levá-lo ao santuário do tango. Hoje tem uma noite especial no Cabaret Marabu. Fica a duas quadras aqui.

– Iria com prazer, mas com a história do roubo, fiquei completamente sem dinheiro.

– Você é meu convidado e terá o privilégio de assistir à orquestra de Aníbal Troilo com o excepcional cantor Francisco Fiorentino.

Saímos a caminhar pela Calle Maipú, mais estreita que a Rua da Praia, porém com uma atividade intensa de confeitarias, cafés, pizzarias, vitrines mostrando frangos no espeto, butiques, livrarias *y casas de regalos*. Um cinema exibe *Libeled lady*, aqui traduzido como *La mujer calumniada*, um ótimo drama, com William Powell no papel de um jornalista que inventa notícias falsas sobre celebridades, tendo as queridinhas Jean Harlow e Mirna Loy no elenco.

Pedintes nos interpelam e Santiago os afasta com gestos de desprezo.

– Mas onde estávamos? Ah, sim. A Zwi Migdal começou a ruir pela ação de duas mulheres. Em 1930, Cosía Zeilón publica o livro *¡Vendida!*, no qual descreve como foi forçada a se prostituir pela célebre cafetina judia Emma, *La Millonaria*, e pelo cafetão Luis Migdal. O livro foi editado na Espanha, mas teve grande repercussão por aqui. No mesmo ano, emerge uma mulher chamada Raquel Liberman, viúva, vinda da Polônia no esquema tradicional, mas tinha outras ambições. Conseguiu juntar dinheiro e, assim que pôde, caiu fora. Casou-se novamente e pretendia abrir uma loja de antiguidades com o dinheiro economizado. No entanto, foi enganada pelo segundo marido e empurrada de volta à prostituição. Ela, então, em vez de procurar a polícia, que não lhe dava ouvidos, foi direto à Justiça.

Cruzamos a esquina com a Calle Lavalle, uma área conflagrada de automóveis, buzinas e xingamentos. Santiago prossegue:

– Surge, então, a figura do juiz Manuel Rodríguez Ocampo. Munido de provas oferecidas por Raquel e obtidas em algumas diligências judiciais, ele ordena a detenção dos 424 sócios da Zwi Migdal. Durante vários dias, a polícia entrou nas casas dos membros do grupo ou de seus parentes e amigos, onde buscavam refúgio. Os escroques eram vistos fugindo pelos terraços e pulando de telhado em telhado. Era capturados e algemados no interior de trens que partiam de Buenos Aires para qualquer canto. A partir das declarações dos detidos, o juiz emite mais de 500 pedidos de captura. Os novos depoimentos levaram a prisões em massa de cafetões. É importante destacar que tínhamos um governo de caráter pró-nazista, portanto, propenso a prender judeus.

– Você acredita mesmo que a Zwi Migdal realmente foi extinta?

– Como organização nos moldes anteriores, não tenho dúvida. Quando o aparato foi desbaratado, com centenas de processos e prisões, num primeiro momento as prostitutas ficaram livres. Tinham três alternativas: abandonar o ofício, trabalhar por conta própria ou ingressar em outros prostíbulos. Mas mesmo livres, ainda estavam fragilizadas pela situação anterior e passaram a ser assediadas por outros rufiões e até pelos próprios remanescentes do grupo.

Alcançamos o cruzamento com a Calle Corrientes, o templo da boemia de Buenos Aires, espremida por prédios imponentes de concreto armado. Tento prestar atenção no relato de Santiago, mas me detenho, inebriado pela quantidade de luminosos a mercúrio, transformados em borrões coloridos pela névoa reinante, e aturdido pelo rumor intenso de vozes e motores possantes, suavizado pela música difusa que emana dos cabarés. Meu acompanhante segue falando sozinho. Quando percebe a minha falta, retorna com uma expressão divertida.

– *Corrientes. Calle única, calle absurda, calle linda. Calle para soñar, para perderse, para ir de allí a todos os éxitos y a todos los fracasos.*

– Poético.

– A frase é de Roberto Arlt. Vamos adiante – ele enfia o braço no meu. – O conflito de rufiões agrupados ou não em organizações provocou uma verdadeira guerra para capturar o espólio da Zwi Migdal, incluindo remanescentes do próprio grupo que já restavam soltos.

– Soltos?

– Meu caro Pablito. As instituições funcionam quando existe uma coisa chamada clamor popular. Quando o clamor arrefece, o funcionamento das instituições afrouxa. Em poucos meses, muitos dos cafetões da Zwi já estavam soltos e vários deles ansiosos para retomar suas atividades criminosas sem o menor pudor.

Imagino que seja o caso de Jacobo Weiss, mas não é hora de falar sobre ele.

– Sucedeu-se um festival de assaltos, sequestros, castigos, roubos, assassinatos na tentativa de reimplantar os métodos cruéis e extorsivos para impor a volta à prostituição das mulheres antes submetidas à facção dos judeus.

Chegamos ao destino, um grande portal em arco identificado por três luminosos redondos dispostos verticalmente com as sílabas *Ma-ra-bu* em letras vermelhas sobre fundo branco e uma fila considerável de homens elegantes e mulheres perfumadas. Na entrada, um cartaz pintado à mão anuncia: *Todo el mundo al Marabu, la boite de más alto rango donde Pichuco y su orquesta harán bailar buenos tangos.* E uma informação preocupante: ingressos a 10 pesos.

– Normalmente é mais caro – informa Santiago. – Obrigaram-se a baixar os preços em função da crise, mas não se preocupe.

Santiago contorna a fila. Vai direto ao porteiro, um sujeito forçudo de terno impecável e cabelo lustroso, troca algumas palavras com ele e me chama. Atravessamos um longo corredor até chegarmos ao amplo salão decorado em estilo *art déco*, com um piso branco e preto em forma de tabuleiro de damas. Em torno de uma grande pista de dança demarcada por grossas colunas se distribuem as mesas, os bares e um palco ao fundo para receber a orquestra. Entre as poucas mesas ainda disponíveis, conseguimos uma com boa visão do palco.

Antes de reiniciarmos a conversa, meu acompanhante pede ao garçom.

– *Una botella de vino.* Onde estávamos?

– Você dizia que a Zwi Migdal ressuscitou.

– Oh, sim, em parte e de uma forma menos orgânica, do tipo cada um por si. Mas não sobreviveu à Lei da Profilaxia editada no ano passado. *Mirá* quem chega! Conheces Enrique Discépolo?

– *Verás que todo es mentira, verás que nada es amor* – eu respondo.

Santiago aponta com o queixo para um homem magro de nariz grande e pontudo, mãos no bolso de um terno simples, que caminha pelo salão recebendo saudações e procurando alguém entre as mesas.

– *¡Dicepolín!* – ele chama o sujeito.

– *¡Hola, Santi!*

– *Vení, sentate con nosotros.*

– *Tengo un ratito.*

– *Te presento a Pablo, un compañero brasileño amante del tango que quería conocerte.*

Estendo a mão, meio sem jeito.

– Paulo Koetz. *Mucho gusto.*

– *Los brasileños son gente alegre. No creo que el tango tenga mucho éxito en su país.*

– Sou do Sul e temos muita proximidade com Argentina e Uruguai. Além disso, há o ritmo, a dança, a sensualidade.

– *El tango nació para los pies, era un baile, pero poco a poco se apoderó del alma porteña hasta llegar a la flor de los labios. Adquirió una gran riqueza expresiva y se convirtió en canción.*

– Discépolo, *el filósofo del tango.*

O garçom traz o vinho para nós e coloca uma dose de uísque diante de Enrique.

– Mas suas canções são fortes, falam de solidão e desesperança – provoco.

– *Así veo la Argentina de hoy: el aumento de la pobreza, la pérdida de valores, la gente desamparada.*

– Cambalache *deberia ser nuestro hino nacional* – Santiago diz, sério.

– *Una canción gana popularidad cuando el problema, en este caso del autor, es compartido por muchos. Es el caso de* ¡Yira! ¡Yira! *y* Cambalache. *Pero también tengo algunos tangos románticos e incluso humorísticos.*

– *Chorra* é muito divertido.

Discépolo conta uma história engraçada relacionada à música *Chorra*, que fala de um açougueiro abandonado pela mulher. Certo dia, ele estava no Mercado del Plata quando se aproximou um homem alto, forte com avental de açougueiro e perguntou:

– *¿Usted es Discépolo?*

– *Si* — ele respondeu.

– E então, o homem perguntou: "Quem lhe contou o que me ocorreu com a sem-vergonha da minha mulher para que você fique a cantar por toda a cidade?".

Enrique pensava no que dizer, sem tirar os olhos do facão que o sujeito carregava na cintura. Antes que falasse alguma coisa, o próprio açougueiro se encarregou de dissipar seus temores, dizendo: "Você me vingou, amigo. Disse a verdade. Agora todos sabem como ela foi perversa comigo".

Demos boas risadas. Enrique completa:

– *Y mientras él hablaba, me pareció ver algunas lágrimas en sus ojos.*

Rimos da aventura de Discépolo, que logo pede licença e se dirige à mesa ocupada por tipos de paletó branco e gravata-borboleta.

– Agora é minha vez de perguntar, Pablito. Qual é o seu interesse? Obviamente, não se trata de mera curiosidade *periodística*. Conte-me tudo, *¡con pelos y señales!*

Penso um pouco até onde devo abrir o jogo e falo com cuidado.

– Meu interesse se concentra em uma mulher chamada Urzula Wojcika, trazida de Krakow, na Polônia, há uns quinze anos por um aliciador com promessa de casamento. No início, ela escrevia para a família, mas em pouco tempo, as cartas pararam de chegar. Soube que ela morreu e está enterrada no cemitério dos impuros.

– Imagino que isso deve ter acontecido com muitas delas.

– Sem dúvida, mas seria muito raro achar outro caso no qual a mulher aliciada e seu aliciador são mortos com uma semana de diferença. Sem falar que, nos registros do cemitério, em ambas as situações a *causa mortis* é omitida.

– Por isso que você veio a Buenos Aires?

– Vamos dizer que sim.

Santiago fica pensativo, bebe um gole de vinho sem tirar os olhos de mim.

– Estou enganado ou você sabe mais do que está me dizendo.

– Conheci a filha de Urzula em Porto Alegre, tivemos um *affair* romântico e eu assumi o compromisso de investigar o caso.

Ele permanece me encarando como se quisesse se certificar que a história é verídica. Então, baixa a cabeça e busca um bloco do bolso interno.

– Repete os nomes.

– A mulher, Urzula Wojcika.

– Como se escreve?

– Urzula com "z", W-o-j-c-i-k-a. O aliciador, David Filkenstein.

– Esse nome não me é estranho – ele comenta.

– Data dos óbitos: 15 de dezembro de 1934, ela, e 22 de dezembro, ele.

Antes que ele guarde o bloco, eu avanço mais um pouco.

– Tem um outro personagem misterioso na história chamado Moises Geist. G-e-i-s-t. Esse nome consta como uma espécie de responsável pelos enterros no fichário do cemitério.

– Responsável pelos dois?

– Sim.

– Como é que você soube de tudo isso?

– Estive no cemitério dos impuros.

– Conseguiu entrar? Passei anos tentando e nunca permitiram.

– Agora está abandonado. Deu algum trabalho, precisei pular uns muros, mas consegui.

Santiago parece admirado.

– Não te falei uma coisa – ele diz. – Antes que eu contasse ao comissário a história do assassino e dos *usureros*, você estava na lista de suspeitos. Ele chegou a mandar alguém ao hotel onde você estava hospedado.

– Avenida Palace.

– Lá disseram que não havia nenhum hóspede com esse nome, e isso aumentou a desconfiança do comissário. Perguntou se eu lhe conhecia. Eu desconversei, mas estranhei a insistência dele.

– Falou que eu era jornalista?

– Não recordo, talvez sim. Fiz mal?

– Veja, Santiago. Essa investigação não sei no que vai dar, por isso quanto menos eu aparecer, melhor.

– De qualquer forma, ele prendeu o verdadeiro assassino, assim creio que não vai lhe incomodar.

Os sujeitos de paletó branco dirigem-se ao palco sob aplausos gerais. Santiago aponta o único de casaco escuro, um tipo simpático, bochechudo, com flor na lapela e gomalina no cabelo, o qual agradece os aplausos e senta-se no degrau do palco com um *bandoneón* no colo.

– Anibal Troilo, o *Pichuco. Jovencito* ainda, um talento descomunal. Corajoso. Semanas atrás, ele falou alguma coisa contra os milicos. No dia seguinte, vieram uns tipos prendê-lo. Não conseguiram levá-lo porque todos que estavam no Marabu se rebelaram. Só faltou expulsarem os agentes a pontapés. Olha, vai começar.

Os músicos manejam seus instrumentos. Casais irrompem pelo salão em movimentos sinuosos. Santiago coloca a mão em meu ombro e fala ao meu ouvido.

– Perceba como funciona a dança, Pablito. Rostos colados que se afastam bruscamente e logo retornam, corpos grudados em harmonia que no momento seguinte se enfrentam, competem, se atraem e se rejeitam. Perceba o jogo profundamente dramático no qual convivem a sensualidade, alguma tristeza e certa agressividade. Dizem que o tango nasceu para expressar através dos corpos coisas que não podiam ser pronunciadas. *Mirá si no es la metáfora perfecta de la pasión* e da complexidade existente nas relações amorosas verdadeiramente ardentes e viscerais.

Ele volta à posição normal convencido de que falou algo transcendente. Um sujeito de terno prateado ostentando dentes marfíneos e uma cabeleira lustrosa penteada para trás assume o microfone.

– *¡Kolynos! ¡Kolynos!* – alguns gritam.

– Agora vais ouvir Francisco Florentino, o legítimo sucessor de Gardel – Santiago comenta.

– Por que Kolynos?

– É por causa do sorriso – ele ri.

Aos primeiros acordes, ele solta a voz:

– *Corrientes tres cuatro ocho / Segundo piso ascensor / No hay porteros ni vecinos / Adentro cocktail y amor.*

A seguir, *Pichuco* e sua orquestra desfilam uma coleção dos tangos populares, que os casais bailam com fervor quase religioso. A cada novo número, Santiago me sussurra o nome da canção, a autoria e uma frase sobre a circunstância em que foi composta.

Uma mulher opulenta beirando os 40 anos, com uma pinta no rosto e olhos grandes bem delineados, assume o microfone sob aplausos entusiasmados do público.

– Azucena Maizani – Santiago apresenta, com a voz embargada. – *La ñata gaucha.*

O vozeirão grave contagia a plateia.

– *Mi Buenos Aires querido / Cuando yo te vuelva a ver / No habrá más penas ni olvido.*

Azucena interpreta mais dois tangos pungentes de sua autoria, agradece as palmas e devolve o microfone ao *crooner,* que anuncia um intervalo de meia hora.

– Pablito, chegamos à precisa hora da troca de guarda. Deixam o recinto os casais representantes das refinadas famílias *porteñas* e ingressa a tropa dos boêmios endinheirados ou o que restou dela. E as *coperas*.

– Quem seriam as *coperas*?

– Aquele tipo de senhoritas que tornam mais agradáveis os momentos dos homens, sabe a que me refiro? Aqui estão disfarçadas de garçonetes, cuja função é estimular o consumo de bebidas. Chegam à mesa e solicitam que o freguês lhes pague um *drink,* mas, dependendo, podem ir mais adiante.

A transição é repentina. Num piscar de olhos, o recato dá lugar à extravagância. Casais de braços dados abandonam o recinto e sujeitos de roupas espalhafatosas e anéis grossos adonam-se do ambiente, com seus olhos prescrutando aventuras que lhes surgem na forma de fêmeas lânguidas com seus decotes ousados e gestos no limite do decoro. As *botellas* de vinho são substituídas por baldes de champanha e garrafas de uísque importado.

A orquestra de Pichuco reabre os trabalhos com *La cumparsita.* Fecho os olhos, e a memória me conduz ao Teatro Variedades, dois anos atrás, Juliette no palco de fraque, cartola, um *short* lustroso e meias de renda.

Si supieras que aún dentro de mi alma / Conservo aquel cariño que tuve para ti.

Cantou como se cada palavra fosse partícula de uma dor irremediável. A dor agora é minha. Bebo um longo gole de vinho. Pichuco e sua orquestra mostram serviço, desfilando um repertório de tangos inesquecíveis. *Rechiflado en mi tristeza, hoy te evoco y veo que has sido. / En mi pobre vida paria solo una buena mujer.* As imagens se turvam. Um Santiago fora de foco acompanha a cantoria murmurando as frases de desencanto. Os homens riem, falam alto, quase esbravejam. As *coperas* movem-se com lascívia. *Te engrupieron los otarios, las amigas, el gavión.* Daria qualquer coisa para ter Juliette ao meu lado. *Yo a tu lado quisiera caer. / Y que el tiempo nos mate a los dos.* Santiago pede a terceira garrafa. Peço para ir ao banheiro. Caminho trôpego entre as mesas e esbarro em um sujeito grande debruçado sobre uma mesa repleta de garotas. Veste um blazer cor de violeta e exala água de colônia aplicada com algum exagero. Ele me olha com desprezo. Levo um choque. Sigo cambaleante. No vestíbulo, preciso me escorar na parede. Difícil acertar o jato no vaso. Difícil achar as casas dos botões da calça. Retorno. O sujeito permanece na mesma posição, de pé com as mãos sobre o tampo da mesa. Contorno o tipo com dificuldade. Preciso ir embora. *Adiós muchachos, compañeros de mi vida. / Barra querida de aquellos tiempos. / Me toca a mí hoy emprender la retirada.* Ah, Juliette. *Quién sabe si supieras que nunca te he olvidado. / Volviendo a tu pasado te acordarás de mí.* Sento-me à mesa. Santiago tem os olhos úmidos. O vinho escorre-lhe pelos cantos da boca. Tenho que me despedir, mas não consigo dizer nada. *Que si lo pienso más termino envenenado. Esta noche me emborracho bien. / Me mamo bien mamado para no pensar.* Não entendo o que dizes, reclama Santiago. Tento levantar-me, mas perco o equilíbrio. Recosto-me à cadeira e tenho a sensação de que o corpo cai para trás.

Despenco de costas no precipício escuro.

6

Acordo sob uma névoa e preciso piscar os olhos várias vezes até que ela se dissipe. Onde estou? Deitado em um sofá com o corpo aquecido por uma manta velha de lã. A peça tem uma mesa com uma toalha xadrez, um móvel onde desponta um rádio, uma estante de livros e uma pilha de jornais no chão. Penduradas na parede, uma foto colorizada de Carlos Gardel e ao lado uma flâmula triangular azul com estrelas amarelas e as letras C-A-B-J. Fico girando os olhos pelo ambiente por alguns minutos até que Santiago Defenti aparece com uma expressão de deboche.

– *¡Qué borrachera, Pablito!*

– Nem me fale.

– Estou indo para o jornal. Quando sair, basta bater a porta.

– Espere, eu vou com você.

– Te espero – ele diz, algo contrariado. – Precisa tomar um banho, mas cuidado. A água quente dura cinco minutos. Depois disso, cai a resistência.

Faço o que ele diz.

A casa de Santiago fica no alto de um prédio construído em madeira e chapas de zinco onduladas, exatamente como as outras no entorno. Precisamos descer dois lances de uma escada íngreme até chegar ao solo.

– Como é que você me carregou pelas escadas?

– Você é um borracho obediente.

– Onde estamos?

– Em La Boca. Calle Caminito. *Caminito que el tiempo ha borrado, que juntos un dia nos vistes pasar.* Minha casa é o que se chama de *conventillo.* Aqui moravam amontoados os imigrantes italianos em busca de vida melhor. Meu pai foi um deles. Veio de Gênova para trabalhar no antigo porto ali adiante, na foz entre o Riachuelo e o Río de la Plata. Boca, foz, entende? Morei aqui a vida inteira. Sempre quis sair, em alguns momentos aluguei apartamentos na cidade, mas acabava regressando. Meus pais morreram, meu único irmão voltou para a Itália e fui ficando.

– Não quis se casar?

– Tenho uma *novia.* Uma viúva com quem passo os fins de semana. Hoje, saio do jornal e vou para a casa dela. É uma relação livre e confortante para os dois, sem passado nem porvir. Nenhum atrapalha a paz do outro.

Andamos por um caminho terroso no qual velhos colocam cadeiras diante das casas e crianças brincam com uma bola.

– O Boca Juniors é nosso orgulho, já possui nove títulos de campeão argentino e seguramente é o clube mais popular de

Buenos Aires. Dia de jogo, isso aqui se transforma num asilo de loucos. *¿Te gusta el fútbol, Pablito?*

– Meu pai me levava ao estádio do Grêmio quando eu era pequeno. Depois fui me afastando. Mas há dois anos assisti a um jogo a trabalho e, por um acontecimento insólito, voltei a me interessar.

Conto a ele o episódio de Eurico Lara, o heroico goleiro que saiu do campo para o hospital, onde morreria algumas semanas depois.

– Que história!

Na esquina, embarcamos no ônibus com o letreiro indicando Plaza de Mayo.

– Para encerrar nosso assunto, falávamos da Lei da Profilaxia – eu provoco.

– *Bueno*, em meio à guerra no submundo, Buenos Aires registrava um número alarmante de ocorrências de doenças venéreas. Então, editaram uma lei para colocar um freio na sua propagação, mas para isso era necessário regulamentar a prostituição, o que implicava combater a exploração sexual. Em resumo, acabar com os prostíbulos e tirar os rufiões de circulação.

– Significou o fim da Zwi.

– Ah, sem dúvida. Um ou outro ainda desafiou a lei, tentou manter bordéis clandestinos, mas aquele câncer pernicioso foi extirpado. Agora, a prostituição continua existindo, mas como direito individual.

– O problema seria onde fornicar.

– As *coperas* levam os clientes a hotéis ou à casa delas. A criatividade é ilimitada. Passe à noite pelo entorno da Torre dos Ingleses e verá sexo a céu aberto, não nessa época do ano que faz muito frio. A propósito, quem é Juliette? – ele pergunta. – Você não parou de falar esse nome a noite inteira.

– Uma antiga namorada.

– *Bueno*, pensei que estavas sonhando com a francesinha que vem cantar para nós – ele ri. – Chegamos. Telefona à tardinha, talvez eu tenha novidades. Saio do jornal às seis.

Deixo com ele o número do telefone da livraria e estou de volta à estação Plaza de Mayo, origem dos meus recentes infortúnios. Converso com o cartaz de Juliette até a chegada do *subte*. No vagão, uso o último canhoto do bilhete e conto o dinheiro. Os mesmos 13 pesos e 80 centavos da véspera. Enchi a cara no Marabu e não paguei nada. Preciso reembolsar o Santiago.

Miguel está sorvendo o primeiro mate quando chego à livraria.

– Salve! Por onde andou nosso explorador? Algum cemitério desconhecido?

Derrama água da chaleira na pequena cuia e me oferece.

– Se eu contar, você não vai acreditar.

– Tenho ouvido essa frase com frequência.

– Marabu, conhece?

– Oh! A maior casa de tango da cidade. Teu aspecto não é nada bom.

– Bebi demais e dormi na casa do Santiago Defenti.

– O repórter?

– Conheci Roberto Arlt e Enrique Discépolo, acredita?

– Noite movimentada.

– Roberto aparenta ser um tanto senhor de si, gosta de dizer coisas que soem definitivas. Discépolo, não. É um sujeito simples, espirituoso e simpático, não liga para a fama. Em compensação, creio que vi Jacobo Weiss.

Miguel arregala os olhos.

– *¿Aquel Jacobo?*

– Eu já estava bêbado e esbarrei num sujeito, tenho quase certeza que era ele. E o pior: talvez ele também tenha me visto.

– Isso não é bom.

Bebo o mate com o cérebro acelerado.

– *Mi vieja* quer porque quer te conhecer. *Entonces,* está convocado a almoçar conosco amanhã, e não aceito recusa.

Desço na estação Callao, subo as escadas e a primeira coisa que enxergo no outro lado da rua é o prédio vetusto da Confeitaria La Ópera, com um gigantesco painel da Cinzano sobre a entrada. O trânsito caótico de automóveis, *autobuses* e *tranvías* no entroncamento com a Calle Corrientes é fiscalizado por um guarda que apita enlouquecidamente, instalado em uma guarita semelhante a um pequeno coreto suspenso por um poste de ferro a uma altura de um metro e meio.

O trânsito em Buenos Aires obedece à mão inglesa, como em Porto Alegre até dez anos atrás. Assim, para subir nos *tranvías* os passageiros fazem filas no canteiro central da avenida. A esta hora, transitam carregados, com gente equilibrando-se nos estribos e disputando os corrimãos externos.

Enquanto aguardo uma brecha para atravessar a rua, distraio-me com a variedade de coletivos que funcionam na cidade. Acaba de passar um ônibus grande, marrom, com capacidade para talvez 30 passageiros. Logo a seguir vem um menor, amarelo, com 20 lugares e as inscrições pintadas em torno do para-brisa: *29, Pz Mayo, Tribunales, Hipódromo, Olivos, Pza Italia, Belgrano, Tiro Federal, River Plate.* É seguido por um menor ainda, teto baixo, onde se apertam talvez 15 usuários, com o trajeto pintado na lateral: *L.N.Alem, Av de Mayo, San Juan.* Tem a cor marrom-avermelhado e fico sabendo mais tarde que o povo chama esses coletivos de *cucarachas.* Mais adiante, trafegando onde estão os trilhos do bonde, passa uma espécie de táxi-coletivo, provavelmente um Chevrolet, carregando seis passageiros.

O trânsito dá uma folga. Atravesso entre os veículos e sigo pela Corrientes em direção ao recém-inaugurado Obelisco, o qual, do ponto onde estou, possui o tamanho de uma agulha. Um sujeito me segura pelo braço, e não parece um *pordiosero*, como os argentinos chamam os pedintes. Está razoavelmente trajado e bem barbeado.

– *No lo tomes a mal. No pienses que soy un vago, pero resulta que estoy desempleado y no tengo ni un céntimo para comprar leche para mis hijos. Sé que me estoy humillando, siendo un inconveniente, pero lo que puedo hacer es apelar a la generosidad de los demás.*

Bato nos bolsos e ergo as palmas das mãos para cima. Mesmo assim, ele me persegue pela quadra inteira.

– *Diez centavos, lo que sea* – insiste com uma cara de desespero, a mão tensa apertando meu braço, o olhar fixo com os olhos úmidos, esperando algum gesto da minha parte. Temo que vá me agredir.

Consigo me desvencilhar com um movimento brusco e acelero o passo, deixando o tipo para trás, com a sensação de ouvi-lo murmurar alguns desaforos.

Corrientes em uma manhã de sábado é uma rua à beira de um ataque de nervos, onde despontam as buzinas, os apitos, os gritos dos jornaleiros alardeando as tragédias do dia e as ofertas de fortuna anunciadas pelos vendedores de bilhetes, temperadas com as gabolices das rodas de esquina e algum tango que escapa dos cafés Ruca, Estaño ou El Parque. Diante do Mercado Novo, o cheiro de peixes e aves lembra que não comi nada. O estômago ronca e não posso chegar assim ao Teatro Ópera.

Na esquina com a Calle Paraná paro diante do Restaurante Los Inmortales e arrisco. O prato mais barato – sardinha banhada em azeite espanhol, pão à vontade e um quarto de vinho – custa 1 peso e 50 centavos, quantia que não fará grande estrago nas minhas parcas economias. Na mesa ao lado, partidários de Ortiz e Alvear discutem com ardor e dão a impressão de que logo irão às vias de fato. Um deles vem até mim e me dirige um palavrório indecifrável. Dou de ombros, mas ele insiste, como se conquistar a minha adesão fosse imprescindível para o embate no qual está envolvido. Sinto-me acuado. Devoro a refeição mais rapidamente do que pretendia, pago a conta no balcão e retomo a caminhada.

O relógio junto à Chocolateria Smart marca cinco para as duas. Alcanço a 9 de Julio, a avenida mais *ancha* do mundo, orgulho dos *porteños*, com seus 140 metros de largura. Atravessá-la é tarefa para os fortes pelo intenso movimento de veículos. Contorno o monumental Obelisco e reencontro a Corrientes, que, neste trecho, me parece um pouco mais estreita. O imponente luminoso do cabaré Tabaris, que tanto me impressionou na noite passada, está apagado e perde-se entre tantas outras traquitanas propagandísticas.

Dou alguns passos e me deparo com o deslumbrante Teatro Ópera, com sua fachada larga protegida por uma enorme marquise inclinada sob a qual despontam quatro imponentes círculos que provavelmente servem de luminárias e sobre elas as letras soltas formando o nome do teatro. Atravesso a rua para apreciar o conjunto arquitetônico e sou assombrado por um painel descomunal colocado sobre a marquise com o retrato do rosto de Juliette Foillet, seu nome em letras garrafais e a data do espetáculo, daqui a exatamente uma semana.

Mostro a identidade ao porteiro e peço para falar com alguém da administração do Teatro Ópera. Apresento-me ao encarregado como um jornalista enviado especialmente do Brasil para documentar a turnê de Juliette Foillet em Buenos Aires. O sujeito abre um sorriso e empertiga-se na cadeira.

– Julio Molina – ele fala português fluente.

Quero falar sobre a temporada de Juliette, mas ele faz jus à condição de *public relations* do teatro e me carrega para uma interminável visita guiada por suas instalações, desde o subsolo até o terceiro andar, o qual acessamos utilizando os modernos elevadores. Lá do alto, fico a imaginar a pequena Juliette movimentando-se no enorme palco para encantamento das 2.500 pessoas que haverão de lotar todas as suas dependências.

– Não temos nada parecido entre nós em grandeza, beleza e conforto.

– Que espetáculo. Bem, e propriamente quanto à apresentação de *mademoiselle* Foillet?

– Já temos cerca de oitenta por cento dos ingressos vendidos, algo extraordinário, levando em conta esse período de dificuldades econômicas que o país atravessa. Posso assegurar que essa grande artista receberá de nossa parte a mesma atenção a que está acostumada nos grandes teatros onde se apresenta.

– Podemos saber onde ela ficará hospedada?

– Por que não? *Mademoiselle* e sua *entourage* se hospedarão no Hotel Alvear, um dos melhores da cidade.

– De quantas pessoas se compõe a *entourage*?

Ele busca um papel na gaveta.

– Aqui está. São dez músicos, duas cantoras de apoio, seu empresário e sua secretária particular.

– Uma questão um tanto delicada, mas o jornal faz questão que a gente pergunte. Há algum esquema de segurança para a estadia de *mademoiselle*?

– Com certeza, mas não posso falar muito sobre isso. É atribuição da polícia, mas normalmente disponibilizam dois agentes para acompanhar os passos dos artistas pela cidade, passeios, visitas, entrevistas. Em função do clima político acirrado, como você deve estar acompanhando, pedimos um reforço para evitar qualquer imprevisto.

– Se algum fã enlouquecido tentar se aproximar dela?

– Não vai conseguir.

Julio Molina acompanha-me até a saída. Quando nos despedimos, tiro a máscara de repórter. Atravesso a rua como um zumbi, esqueço que o trânsito tem a mão invertida e quase sou atropelado. Da porta do Grand Cine Rex, volto a contemplar o cartaz sobre a marquise. A pequena Juliette, que eu tive nos braços, que me seduzia de uma forma sensual e divertida, que pulava sobre mim com beijos infindáveis, é agora uma figura gigantesca no centro de uma engrenagem montada para evitar qualquer sobressalto. Sinto-me aliviado, convencido de que ela está protegida, porém vazio. Sua grandiosidade me enche de orgulho, mas me deixa soterrado na mais completa insignificância.

La *vieja* não é tão velha assim. Miguel apresenta-me a uma mulher entre 40 e 50 anos chamada Graciela, de cabelos grisalhos, o rosto com algumas rugas honestas, um sorriso acolhedor e olhos azuis transbordando de curiosidade. Os dois vivem em um apartamento de quarto-sala cuidado com capricho. Mérito dela, levando em conta a bagunça instalada na livraria de Miguel.

Feitas as apresentações, ela avisa.

– *La comida está casi lista.*

– Enquanto isso, tomamos um aperitivo – sugere Miguel.

– Não posso abusar, depois daquela noitada.

Ele me conduz a um sofá de dois lugares. Ao lado dele, um móvel de madeira envernizada abriga rádio e toca-discos, que neste momento reproduz música clássica.

– Então, me atualize sobre suas últimas aventuras. O que andou aprontando? – ele pergunta em tom paternal.

– Nada demais. Fui ao Teatro Ópera ver os preparativos para as apresentações. Caminhei pela Corrientes. A certa altura, dois sujeitos quase trocaram socos em meio a uma discussão sobre as eleições.

– Mas não se engane. Esses episódios não decorrem de nenhuma paixão especial por algum dos candidatos. É reflexo da frustração reinante no país. A Argentina chegou a ser um dos países mais ricos do mundo no início do século. Agora, estamos ferrados. Nosso modelo econômico baseado na exportação primária se esgotou há muito tempo, mas a nossa elite não percebeu, acomodada pela ideia de que as coisas se resolviam vendendo carne para a Inglaterra. Muitos até acreditavam que a Argentina fazia parte do Império Britânico – ele ri. – Mais um conhaque?

– Só mais um.

– Com o *crash* da Bolsa norte-americana, os ingleses resolveram dar prioridade aos negócios com países do seu quintal. Ou seja, passariam a comprar carne somente do Canadá, Austrália e África do Sul. Seria uma boa oportunidade de reorganizar nossa economia com outro perfil, com ênfase no mercado interno, iniciando aos poucos a industrialização. Porém, o nosso governo militar *patriótico* decidiu persistir no erro. Para manter os negócios, aceitaram as exigências mais disparatadas e humilhantes impostas pelo Reino Unido. Entregaram todo o transporte coletivo e a exclusividade dos frigoríficos. Um claro, nítido e cristalino exemplo de um país outrora orgulhoso que se submete ao imperialismo de *rodillas*. Infelizmente, a eleição não vai mudar nada de substancial.

– De qualquer forma, estranho o radicalismo da campanha, pois os dois candidatos são do mesmo partido.

– Já aconteceu outras vezes. União Cívica Radical é quase um partido único, um grande *paraguas* onde cabem todos os interesses da burguesia, inclusive quando são pontualmente conflitantes, como nesta eleição. Abriga até um grupo progressista, a Fuerza de Orientación Radical de la Joven Argentina, sigla Forja, da qual o seu amigo Discépolo faz parte.

– Quem vê de fora é difícil diferenciar um candidato do outro.

– Marcelo T. de Alvear é um aristocrata, já foi presidente e lidera a corrente da UCR que criticava o excessivo personalismo de Hypolito Yrigoyen, o presidente deposto pelos militares. Roberto Ortiz é um advogado arrivista e tem contra si o fato de ter apoiado o golpe de 1930. Em troca, ganhou o cargo de ministro das Finanças. Sua eleição representaria o continuísmo dessa situação desastrosa na qual o país se encontra.

– Então, você apoia Alvear?

– Consideramos Alvear a única alternativa viável para combater o oficialismo.

– Consideramos?

– Falo do Partido Comunista. No fim das contas, assistiremos, como sempre, a um festival de demagogia, fraudes, abuso do poder econômico, e qualquer um que vença, Alvear ou Ortiz, tudo ficará na mesma.

O aroma que vem da cozinha é irresistível. Graciela aparece com uma travessa fumegante contendo um pedaço suculento de carne assada e nos convoca à mesa. Miguel conta histórias engraçadas do tempo em que viveram exilados em Uruguaiana contrabandeando uísque escocês para os fazendeiros, perfumes para suas esposas e rádios para os prostíbulos da fronteira.

– Tínhamos um empregado muito prestativo, mas fraco para a bebida, o Negro Joca. Quando tomava uns tragos cometia as maiores trapalhadas.

– *Una linda persona*, mas nos colocou em cada confusão...

– Havia um cliente graúdo, promotor da comarca local. Certa feita, ele encomendou um vidro de perfume francês caríssimo para a esposa e algumas peças de *lingerie* para a amante que mantinha na zona do meretrício. Antes das entregas, o Joca teve a infeliz ideia de passar no bolicho. Podes imaginas o resultado.

– A verdade é que nenhuma das duas se queixou – brinca Graciela.

– A amásia desfilava faceira pela cidade cheirando a perfume francês e a esposa interpretou o inesperado presente como um convite do marido para ressuscitarem as noites ardentes dos primeiros anos. Imagina a surpresa do lídimo promotor ao chegar em casa e encontrar a respeitável consorte vestindo aqueles trajes minúsculos.

Demos boas risadas com as aventuras de Joca, mas Graciela parece ansiosa para mudar de assunto. Na primeira pausa, ela intervém.

– Miguelito me contou a história da sua missão em Buenos Aires.

Enrubesço. O jeito que ela pronunciou, a palavra missão soou um tanto caricato. Acho necessário contar a ela a minha história de amor com todos os seus desdobramentos, desde que nos conhecemos até a chegada de Jacobo a Porto Alegre.

– Eu estava presente quando ele a perseguiu, tentou sequestrá-la, furioso, obcecado, vi sangue em seus olhos. Escapamos por pouco. Então, ela foi contratada para se apresentar em Buenos Aires. Quando eu soube que ele estava solto, tudo isso veio à tona. Imaginei que ele fosse tentar alguma coisa contra ela. Sou um bom repórter em investigar crimes e achei que, vindo aqui, poderia incriminar Jacobo pela morte da mãe dela. Esse era o plano. Porém, está dando tudo errado. Ao chegar, minha mala foi roubada por uma imperdoável distração. Vou percebendo, então, que as coisas não são bem como eu pensava. Fiquei completamente sem dinheiro. A cidade é gigantesca, não conheço ninguém a não ser vocês e o repórter do *El Mundo*, não sei como as coisas funcionam. Estou aqui há três dias e sequer consegui saber onde anda o canalha do Jacobo. Pensei tê-lo visto sexta-feira à noite, no Marabu, mas estava tão bêbado que não tenho certeza se era ele mesmo. Ontem, fui ao Teatro Ópera e tomei um banho de realidade. A engrenagem montada em torno do show, a plateia, o cartaz com a foto dela, a procura por ingressos, a postura do funcionário que me atendeu, o esquema de segurança em torno dela. Fiquei com a sensação de que estou metido numa jornada quixotesca e inútil.

Graciela lança-me um olhar condescendente.

– Não sei se Miguel o preveniu, mas eu tenho a péssima mania de dar opinião sobre qualquer assunto que passa perto de mim.

– Fique à vontade, Graciela.

– Diga com franqueza: você acredita mesmo que esse tal Jacobo tentaria alguma coisa contra Juliette?

Baixo a cabeça sem responder.

– Por mais perigoso que seja – ela prossegue –, ele não seria tão estúpido de se arriscar dessa forma. A verdadeira razão de sua vinda não está em Jacobo e sim na própria Juliette. Jacobo Weiss foi um pretexto. Você foi traído pelo seu inconsciente e não há problema, isso acontece com todo mundo a todo momento. Você queria vê-la, mas precisava de um motivo forte.

– Eu já tinha decidido não vir.

– Primeiro, a sua determinação é louvável. Tenho certeza de que quando ela souber, ficará muito orgulhosa.

– Creio que não ficará sabendo. Agora, estou seguro de que Juliette está protegida, de forma que não tenho mais nada a fazer por aqui. Minha tarefa no momento é telegrafar ao jornal pedindo dinheiro para comprar a passagem de volta.

Miguel arregala os olhos. Graciela reage como se tivesse ouvido uma blasfêmia.

– Não vai esperá-la? Não acredito.

– Não há futuro para nós, e quanto mais cedo ela se livrar de mim, melhor.

– Agora, que o pretexto se extinguiu, você bate em retirada?

Tento dizer alguma coisa, mas ela não dá margem.

– Quando se conheceram, vocês estavam no mesmo patamar, um jornalista e uma cantora de uma companhia de variedades. Após se despedirem, a vida dela tomou um rumo extraordinário, fruto do seu talento artístico. Imagino que passe pela tua cabeça o seguinte. Juliette triunfou sem qualquer ajuda minha, até porque eu estava longe. Agora, eu tenho a possibilidade de fazer alguma coisa importante por ela como salvar sua vida. Não se trata de algo concreto, mas uma fantasia, uma adorável fantasia.

Ficamos os três em silêncio, mas é eu quem devo falar.

– Não há muito o que dizer. A esta altura não é mais dilema. Tomei a decisão de me afastar dela em razão do abismo intransponível que se criou entre nós.

– Um abismo, até onde eu sei, criado por elucubrações suas e não pelo sentimento que uniu vocês dois, estou certa? Esse pensamento autodepreciativo não ajuda em nada – Graciela protesta. – Com a distância e as notícias que ela enviava, você desenvolveu um tremendo sentimento de inferioridade em relação a essa *chica*. Enquanto vocês estavam na mesma plataforma, tudo ia bem. Quando ela alçou voo em sua carreira artística, você decidiu pelo afastamento de forma unilateral.

– Mas o abismo existe.

– Vamos ver de outra forma. Imagine a situação inversa. Se fosse você o bem-sucedido e ela ficasse estagnada.

– Estagnado. É bem a situação em que me encontro.

– Perdão. Não quis ofendê-lo, mas voltando à minha hipótese. Você aceitaria que ela decidisse se afastar por não se julgar merecedora da relação amorosa de vocês. Porque, na verdade, é isso: você não se sente merecedor.

– Eu vejo a coisa prática. Não seria um parasita vivendo às custas de uma grande estrela.

– É uma desculpa que você encontrou para mascarar seu sentimento de inferioridade em relação a ela. Você poderia procurar emprego em algum jornal, escrever um livro, abrir uma livraria, por que não?

A conversa me incomoda.

– Você já pensou que talvez seja difícil para ela regressar a Buenos Aires depois de tudo que aconteceu no passado? Em vez de dar apoio, você prefere deixar as coisas assim, não faz contato, não responde as cartas até que ela te esqueça. Não chega a ser muito gentil da sua parte.

Fico em silêncio. Miguel intervém.

– *Vieja*, talvez a conversa esteja aborrecendo o nosso convidado.

Passamos o resto da tarde ouvindo música e falando de trivialidades. Tentei controlar o vinho, mas era impossível. Ao final da tarde, nos despedimos. Quem percorre as três quadras entre a casa de Miguel e sua livraria em uma noite gelada de domingo é um sujeito deplorável que acaba de ser posto a nu em uma conversa fraterna com um casal de novos amigos.

96
PLAZA MAYO
1808

7

Acordo com o tilintar do telefone.

– Onde é que você se meteu? – reclama Defenti. – Te liguei o dia inteiro.

– Passei o domingo na casa do Miguel, o dono da livraria. Foi bom você ter ligado porque há uma mudança de planos.

– Espere! Quando você falou o nome de David Filkenstein eu fiquei com a sensação de já ter ouvido. Fui conferir nos meus arquivos e achei uma notícia. Vou ler:

"O homem assassinado com três tiros na madrugada de ontem, na Calle San Juan, foi identificado como David Filkenstein, de 44 anos, sem profissão definida. Para o comissário Mario Ledesma, da 2ª *Comisaría* do bairro Once, o crime ocorreu no contexto da disputa entre facções criminosas pelo espólio do grupo Zwi Migdal."

– Mario Ledesma? É muita coincidência. Qual é a data?

– Madrugada de 22 de dezembro de 1934.

– Mesmo dia do enterro.

– Segue a notícia: "Segundo informações obtidas pela nossa reportagem, um morador do local teria assistido ao crime, porém a polícia o descartou como testemunha alegando que ele se encontrava alcoolizado." Na época, procurei a tal testemunha, um tipo chamado Nestor Bautista. Ele não queria falar muito, parecia assustado. Disse que havia bebido, mas não estava *borracho*. Quando chegava em casa, viu um automóvel frear bruscamente. Um homem foi empurrado para fora do veículo. Outro desembarcou e disparou os três tiros. Depois o automóvel partiu em alta velocidade. O sujeito pensou em avisar a polícia, porém uma viatura chegou ao local menos de cinco minutos após o crime. Estranho, não?

– Ele comentou alguma coisa, guardou a marca ou a placa do automóvel?

– Era um Ford sedan De Luxe 1933, preto, quatro portas. Ele sabia o modelo porque é mecânico de profissão.

– E o inquérito?

– Arquivado pelo comissário Ledesma, crime sem autoria.

– Previsível. E quanto a Urzula?

– Não há registro oficial e muito menos atestado de óbito, mas consegui informações de sua Planilla de Sanidad. Sabia que todas as putas são obrigadas a se registrar e fazer exames periódicos de dois em dois meses? Pois bem. Ela foi registrada como prostituta no dia 5 de março de 1923. Alguns meses depois, há uma interrupção em sua ficha. O motivo: gravidez.

– Uau!

– Depois, ela retoma seus exames rigorosamente em dia até um mês antes da data do enterro.

– E a criança?

– É curioso. A planilha menciona a gravidez, mas não há nenhum registro oficial do nascimento da criança. Bem, se lhe interessa o endereço dela, ou melhor, do bordel onde ela atuava, quer anotar? É perto daí. Calle del Hospício, 328. O bordel chamava-se Gato Negro, mas provavelmente está desativado.

– E quanto ao Moises Geist?

– Advogado de prestígio. Atuou em alguns casos da Zwi, mas aparentemente não fazia parte da organização. Agora me diga de que mudança de planos você ia falar?

– Nada importante.

O endereço fornecido por Defenti é um prédio de dois andares a apenas três quadras da livraria. Empurro o portão. Ele range, mas cede. Chego a um pátio em mau estado, com ervas daninhas crescendo nos rejuntes entre os ladrilhos, que formam losangos desbotados. Ao fundo, duas escadas, uma de cada lado, conduzem ao andar superior. Uma mulher esquálida vestindo um robe de lã listrado estende roupas no varal. Antes que eu fale qualquer coisa, ela diz:

– *Si está buscando pasarla bien, no es acá. El Gato Negro cerró hace más de un año. Ya no queda nadie.*

– Procuro informações sobre Urzula Wojcika.

Imediatamente, outra mulher mais nova que fumava debruçada no muro do segundo andar joga o cigarro fora e desce a escadaria às pressas. Dá os ares e tem a pose afetada de Gloria Swanson em *Music in the air.* Intromete-se na conversa:

– *La encontrará en el cementerio de Avellaneda.*

– Eu sei. Quero saber como ela foi parar lá.

– *Estaba enferma. Un día se la llevaron y después dijeron que estaba muerta.*

– Soube que ela teve um filho ou uma filha.

– *¡Adentro, Matilde!* – ela faz um sinal para a outra se afastar.

Depois, vira-se para mim: – *Esto es propiedad privada. Ni siquiera podría entrar sin permiso. Por favor, váyase.*

– O que custa responder a algumas perguntas? Só quero saber da criança. Onde está o filho ou a filha de Urzula?

– *No es asunto suyo.*

Eu insisto e ela vai perdendo a paciência.

– *Ya le dije que no tengo nada que decir. ¡Ahora, váyase!*

– Acho que você sabe e não está querendo falar.

– *Está perdiendo su tempo.*

Ela se afasta bruscamente e sobe as escadas, agitada. Fico um pouco por ali, mas a prudência sugere que eu devo dar o fora. Dirijo-me à saída do prédio, mas Matilde, a mulher de roupão, reaparece, ansiosa.

– *Acá está lo que busca* – ela me entrega uma sacola de papelão e alças de corda de uma loja chamada Biz. – *No lo abra ahora, es peligroso. Ella fue a buscar a los hombres. ¡Ahora, andate!*

Diz isso e se retorna ao edifício.

– E a criança? A quem entregaram? – ainda pergunto.

– *Váyase, que ya llegan. Y olvídese de mí.*

Saio à rua e entro no café mais próximo, o coração aos pulos. Peço ao atendente um lanche rápido.

– *Tenemos sandwich de miga con jamón y queso.*

– *Y un café.*

Perco uns bons minutos olhando para o pacote antes de verificar o que ele contém. Quando decido enfiar a mão no interior da sacola, um automóvel passa diante da janela em alta velocidade e estaciona na frente do antigo prostíbulo. Vou até a janela. Desembarcam dois homens nervosos. Um ingressa no prédio. O outro permanece na porta olhando para os lados. Algo me diz que eu devo ir para bem longe dali.

– Acordou cedo. Foi às compras? – Miguel aponta para a sacola. – Essa loja é cara.

– Melhor do que compras.

Peço licença e despejo o conteúdo da sacola sobre a mesa.

– Que excitação é essa? Onde está o rapaz deprimido de ontem?

– A vida é dinâmica, meu caro Miguel. Aliás, agradeça a *tu vieja* pelo puxão de orelhas... como se diz em castelhano?

– *Tirón de orejas.*

– ...pelo *tirón de orejas* que ela me deu. Temos um dicionário polonês?

– Cada dia uma surpresa.

De dentro da sacola retiro um caderno grosso de capa verde, o passaporte, uma caderneta de anotações e algumas fotografias. Começo com o livreto de capa roxa com as inscrições em dourado *Paszport* e *Rzeczpospolita Polska*, e entre elas o desenho de uma águia de asas abertas. Urzula era uma mulher belíssima na fotografia da primeira página com o carimbo *Komizars Generalny Polskie Krakow.* Com o auxílio do dicionário que Miguel desencavou de uma pilha de livros, consigo entender que ela nasceu em 1894, portanto, tinha 16 anos quando teve Agniezka – ou Juliette. O carimbo no passaporte mostra que ela ingressou na Argentina no dia 12 de setembro de 1922. Comparando com a ficha médica obtida por Santiago Defenti, transcorreram seis meses entre sua chegada e o início da trágica carreira de prostituta, certamente o período no qual ainda acreditava nas promessas do tal David Filkenstein e escrevia cartas à filha.

Confiro a caderneta de anotações e há menção de um valor nada desprezível de 1.275 pesos, oriundo de pequenas economias mensais. A lista iniciava no dia 20 de abril de 1926 e a última referência foi anotada uma semana antes de seu sepultamento.

Abro o caderno de capa verde e sou inundado por uma onda de ternura ao me deparar com uma fotografia de Urzula e a menina Agniezka nos tempos inocentes, risonhas, cabelos crespos afundados em gorros de lã, tendo ao fundo uma igreja medieval com duas torres assimétricas. Mãe e filha felizes, partilhando a esperança de uma nova vida em um lugar distante. No verso, a data está registrada a lápis: 10/9/22. Dois dias depois, a bela e sorridente Urzula mergulharia no inferno.

Preciso de alguém que me diga o que está escrito e já sei a quem recorrer.

– *¡Volvió el brasileño! ¿Vino a rescatar el reloj? Me alegra cuando mis clientes logran superar las dificultades y vienen a recuperar sus pertenencias.*

– Ainda não, senhor Andrej. Vim pedir um favor.

– *Si está a mi alcance y no implica dinero...*

Estendo a ele o caderno de Urzula.

– Necessito saber o que está escrito aqui.

– *Necesitas un traductor. Puedo recomendarte algunos.*

– A tradução fica para mais tarde. Por enquanto, preciso ter uma ideia geral.

Andrej hesita, folheia os cadernos detidamente e pergunta.

– *¿De qué se trata?*

– É o diário de uma pessoa.

– *¿Y a esa persona no le importaría ver su vida privada expuesta?*

– Infelizmente, ela não está mais entre nós e talvez o diário revele o que possa ter acontecido com ela.

O polonês arregala os olhos.

– *Entonces, es una investigación. ¿No sería más apropiado acudir a la policía?*

– Sim, eu pretendo acionar a polícia quando tiver plena certeza de que ela não está envolvida.

Percebo. O velho polonês trava uma luta interna entre o receio e a curiosidade. Finalmente, cede.

– *Está bien, vamos a ver. Pero me reservo el derecho de interrumpir en el caso de que encuentre algo que pueda comprometerme.*

– É justo – eu respondo.

Os primeiros textos falam de um noivo atencioso que a leva para conhecer lugares de Buenos Aires, sinagoga central, as lojas da Calle Florida, passeios de barco pelo Río Tigre, o mercado de pulgas em San Telmo, as rosas do Parque Rosedal, em Palermo. Urzula mostra-se encantada com a cidade e projeta uma vida feliz com o casamento e a vinda da família. As coisas começam a se tornar trágicas a partir de um episódio ocorrido no final daquele ano. Andrej lê um trecho:

"Ontem, aconteceu um fato que me encheu de vergonha. David convidou um amigo para jantar. Bebemos vinho. Eu não gosto de bebida, mas eles insistiram. A certa altura, David se retirou. O amigo, então, passou a se comportar de forma inadequada, com palavras e gestos libidinosos. No estado em que me encontrava, não tive forças para reagir. Neste momento que estou escrevendo, não sei ainda como contar a David o que ocorreu na ausência dele".

Andrej olha-me com surpresa. Faço um gesto para que ele continue.

"Esperei passarem-se dois dias, até que encontrei um jeito de contar a David o que aconteceu naquela noite. Falei a verdade: que havia bebido demais e não consegui resistir à investida do amigo, e que estava morrendo de vergonha. Ele parece que não se importou. Disse que conversaria com o amigo e deu o assunto por encerrado."

– Que dia foi isso?

Andrej menciona a data registrada no diário: 18 de dezembro de 1922. E segue a leitura:

"A história do outro dia se repetiu, mas de forma diferente. David anunciou que viria à nossa casa um conhecido a quem ele devia dinheiro e não tinha como pagar. Pediu que eu fosse atenciosa com o sujeito. 'Você sabe o que eu estou querendo dizer', ele falou. Ficou uma coisa estranha no ar, um tipo de combinação que não é falada diretamente. Jantamos, bebemos e, outra vez, David alegou que precisava sair. Quando retornou, me encontrou chorando e tentou me consolar, dizendo que era para o nosso bem".

– *Esse tipo es um crápula, um inmoral* – Andrej exclama.

– Vai ficar pior – eu aviso.

"David diz que precisa de mim enquanto não consegue retomar os negócios dele. Alega que sem dinheiro não conseguiremos trazer Aga e mamusia para a Argentina."

– A filha e a mãe viviam em Krakow – eu esclareço. – Ela prometeu trazê-las assim que as coisas se normalizassem.

"Desde então, temos recebido visitas de amigos dele." – o velho retoma a leitura. "Hoje foi o quinto. O pior é que antes eu ficava enojada, com vergonha de mim mesma, e agora não sinto mais nada. Aga escreve cartas bonitas, que canta nas quermesses e festas na sinagoga. Sonha em ser cantora e não vê a hora de nos reencontrarmos. Esse, que é o meu melhor sonho, vai se transformando num pesadelo."

"Dia 5 de fevereiro de 1923. Hoje, David me levou para um casarão onde moram outras mulheres. Argumentou que eu teria um quarto para os encontros e com isso conseguiríamos mais dinheiro para trazer minha filha".

– *¿Un burdel?* – o velho me olha horrorizado.

– Eu lhe preveni que ficaria pior.

"De manhã, David me leva para o casarão e me busca à noite. Fui obrigada a fazer uma ficha no Departamento de Saúde. Mas as coisas entre nós mudaram. Primeiro, ele perguntava dos encontros, parece que se animava com isso. Agora, já não pergunta nem me solicita. Aprendi alguns truques com as mulheres daqui. Se eu fico quieta, parada, as coisas ficam mais demoradas. Basta alguns gemidos, um movimento de quadril e tudo se resolve rápido. Alguns são pacienciosos, quase carinhosos. Outros são bruscos...".

– *No voy a continuar leyendo.*

– O senhor não precisa traduzir tudo. Só preciso encontrar algo que dê alguma luz sobre a morte dessa mulher.

Andrej hesita. Repõe os olhos nas páginas sem falar nada. Fico na expectativa de que ele não desista. Finalmente prossegue.

"De manhã, não recebemos nenhuma refeição. Por volta das onze, servem o almoço, que consiste em um prato de sopa, às vezes um puchero e, nos fins de semana, bife a cavalo. De vez em quando um postre ou um copo de vinho".

– *Aquí ella dice que las otras mujeres están en la misma situación que ella.*

"Todas têm um homem a quem entregam o dinheiro dos encontros, mas ficam com uma parte. Falei para David que eu também pretendia guardar um pouco comigo. Ele respondeu que era perigoso, alguém poderia roubar. Explicou que o dinheiro ficava com ele, mas era para nós dois, para organizar nossa vida, para trazer Aga e...".

– *¡Sin vergüenza!*

– Ela ainda acreditava nisso – eu comento.

"As regras atrasaram de novo" – o polaco prossegue a leitura. "Perguntei ao médico do Departamento de Saúde e ele confirmou. Estou grávida. Tenho que contar a David, mas fico com medo da reação dele. Estou desesperada".

– De quando?

– *4 de octubre de 1923. Después ella deja de escribir por vários días. Más de um mês después, cuenta que David viajó y le recomendó que guardara dinero en algún lugar seguro.*

"As outras já notam a barriga. O responsável pelo bordel chamou uma mulher chamada Juana, que cuida desses problemas no casarão. Depois de me examinar, informou que era tarde para fazer um aborto. Fiquei aliviada".

– *¡No puedo dedicarle todo el día a esto!*

– Só peço um pouco de paciência. Como eu disse, essas páginas podem contar as provas para punir quem matou essa mulher.

Andrej lê em silêncio por uns bons minutos.

– *El 5 de mayo de 1924, le informan que su hija falleció al dar a luz. Dice que se sintió mal y necesitaba un médico. En este punto, su letra se vuelve descuidada, casi ilegible, pasa días sin escribir.*

Faz nova pausa folheando as páginas do diário sem dizer nada.

– *15 de junio de 1925. Informa que el dueño de la mansión falleció y que el nuevo dueño es su hijo, llamado Jacobo. Escribe que el establecimiento tendrá una madama llamada Norma.*

– A mulher que me ameaçou no casarão.

"Desde que essa Norma assumiu, está havendo uma troca

constante de mulheres. Algumas são mandadas para outros locais e outras chegam não se sabe de onde. Parece que querem evitar que se criem laços de amizade. Duas amigas com quem trocava confidências foram removidas. Por casualidade, as duas grávidas".

O trecho seguinte é de 20 de abril de 1926:

"Resolvi que vou esconder uma parte do dinheiro sem David saber. Não acredito mais nas suas promessas. Logo que conseguir o suficiente, compro a minha liberdade e volto para Krakow para encontrar a minha filha. Será que ela lembra de mim?".

– *Pobre mujer.*

"Estou doente, meus pulmões estão fracos, cheios de catarro. O médico do Departamento de Saúde deu um remédio que me alivia na hora, mas a tosse volta, parece que mais forte. Não posso mais trabalhar, mas pelo menos David cuida de mim, depois de anos de abandono. Tenho medo de morrer".

– *Espere. Aquí parece ser el último texto, día 14 de deciembre de 1933:*

"Ontem, uma das mulheres ouviu a parteira dizer que minha filha não morreu de verdade. Perguntei ao David. Ele respondeu que isso é impossível. Pedi para falar com a tal Juana. Tive que insistir muito. Ele tratou com umas pessoas e disse que hoje vai me levar na casa da parteira para tirar isso a limpo. Se for verdade, ela deve estar grande, com quase dez anos. Mas onde ela está? Quem roubou a minha filha? Eles chegaram. Vou parar por aqui, com o coração assustado, mas cheio de esperança".

– Foi escrita na véspera do enterro, ou seja, no dia da morte.

– *Entonces, es obvio que este David es el asesino* – diz Andrej, horrorizado.

– Seria o principal suspeito se ele não tivesse morrido uma semana depois. Obrigado, o senhor ajudou muito.

– *¿No corro peligro?*

– Não se preocupe.

– *¿Y el reloj?*

– Segure mais uns dias.

Preciso agora encontrar a parteira Juana e já sei por onde começar. Preciso tocar várias vezes a campainha da pensão até que alguém atenda. Quem aparece à porta é a mulher brasileira que deu declarações ao delegado quando o corpo da ex-cafetina foi encontrado. Tem o cabelo despenteado e uma cara de sono.

– Bom dia. Lembra-se de mim? Nos encontramos naquele dia fatídico. *Mucho gusto.* Paulo.

– Carla.

– Sinto muito pela Dona Lili.

– Você também não é daqui?

– Sou gaúcho.

– Somos dois brasileiros perdidos em Buenos Aires. Vou lhe dizer uma coisa. No fundo ninguém gostava de Dona Lili. Era grosseira, aumentava o aluguel quando bem entendia. Se alguma de nós tinha dificuldade para pagar ela simplesmente despejava, sem piedade.

– Como fica a situação de vocês?

– Quem sabe? Ela não tinha filhos, não tinha parentes. Por enquanto, vamos ficando.

– Eu preciso encontrar uma pessoa e acredito que você pode me ajudar. Uma senhora chamada Juana, você conhece?

– Juana de quê?

– É uma mulher que atende jovens, como se diz, *embarazadas.*

– Quer dizer que mal chegou e já enfrenta esse tipo de problema? – ela comenta, com alguma ironia.

– Ela tem informações que podem me ajudar.

– Por que você acha que eu saberia disso?

– Palpite.

– Veja, eu não faço mais parte desse mundo, entende? Para mim, é passado. Tenho outra profissão e quero recomeçar minha vida sem nenhum envolvimento com essas coisas.

– Por favor. A vida de uma pessoa está em jogo.

Ela cede. Volta ao interior da casa e retorna com um pedaço

de papel escrito Calle México, 2639. Antes que eu agradeça, ela bate a porta.

À noite, ligo para a redação de *El Mundo*.

– O que manda, Pablito?

– Já sei por que Urzula e David Filkenstein foram mortos. Presta atenção: uma parteira chamada Juana teria dito a alguém que a filha de Urzula estava viva. Ela ficou sabendo e começou a insistir para falar com a tal Juana. Por isso, a mataram.

– Você falou com essa parteira?

– Ainda não, mas consegui uma espécie de diário de Urzula onde essa história está contada.

– Um diário! Uau!

– Vou atrás da tal Juana, mas precisamos conversar com Moises Geist com urgência.

– Certo, estou um pouco envolvido com algumas pautas, mas logo que der...

– No máximo amanhã!

– Pablito, compreenda. Sei que esse assunto é importante para você, mas tenho coisas para fazer aqui no jornal. Prometo que...

– Deixa eu lhe contar uma coisa para que você compreenda a extensão do problema. Essa questão envolve Juliette Foillet, a cantora que vai se apresentar em Buenos Aires daqui a três dias.

– Espera, espera, você está me deixando zonzo. O que a cantora francesa tem a ver com essas mortes vinculadas à Zwi Migdal?

– Prometo contar tudo com detalhes. Por enquanto, posso dizer que em função desse imbróglio, ela corre riscos. Você precisa marcar uma conversa com o advogado Moises Geist no máximo amanhã, se for possível. Ele é a pessoa que pode trazer uma luz a esse mistério.

Espero meia hora e, finalmente, escuto a voz anasalada de Santiago Defenti.

– Ele vai nos receber às 18 horas. Anota o endereço: Avenida de Mayo, 761.

– Nos encontramos lá cinco minutos antes.

– Não vai se atrasar. Tive de usar todos meus truques para conseguir um horário com ele.

Antes, devo visitar a parteira. O endereço de Juana é uma antiga mansão transformada em *conventillo.* O pátio central, onde brincam uma dezena de crianças, é atravessado por uma profusão de varais carregados de roupas úmidas e atulhado de bugigangas, cestos de palha, vasos de plantas, colchões mofados, móveis quebrados e objetos estragados que ninguém tomou a iniciativa de descartar. Mulheres envolvidas nas lidas falam aos gritos, mais altos que os periquitos engaiolados, enquanto idosos tomam mate em silêncio e cachorros se espreguiçam numa réstia de sol. Pergunto por Juana.

– *¿La partera? Arriba* – uma velha aponta para uma porta no segundo andar, junto à escadaria.

Bato na porta indicada e aparece um rosto negro e rotundo. Ela aponta uma cadeira com a mão e pergunta de chofre:

– *¿Cuántos meses?*

– Hein?

– *La chica. ¿Con cuántos meses de embarazo está?*

– Não se trata disso.

– *Entonces ¿de qué?*

– Preciso de uma informação.

– *No doy informaciones sobre mi trabajo.*

– Estou investigando um caso muito grave e há indícios de que a senhora possa estar envolvida.

Meu comentário foi imprudente. Imediatamente, Juana levanta-se e aponta a saída.

– *¿Quién es usted? ¿Me está amenazando? Tengo amigos en la policía y a ellos no les va a gustar saber que usted vino a mi casa "a conversar".*

– Tranquila. Eu só quero conversar. O que for dito aqui ficará entre nós.

Juana volta a se sentar.

– Além dos abortos, a senhora fez muitos partos nos bordéis de Jacobo Weiss?

– *En los últimos años, más partos que abortos.*

– Normalmente, as mães ficam com as crianças ou colocam para adoção?

– *No es asunto mío. Me pagan por asistir partos y resolver embarazos no deseados. No tengo nada que ver con lo que pasa después. Finalmente se acabó. Se acabaron los burdeles.*

– A história que me interessa se passa quinze anos atrás. Uma polonesa chamada Urzula que trabalhava no Gato Negro. Ela engravidou e a senhora foi chamada para fazer o parto, está lembrada?

– *Qué sé yo. Eran un montón, no puedo acordarme de todas.*

– Urzula, bordel Gato Negro – tento ajudar. Busco no bolso a foto de Urzula e mostro a ela. – O caso tem uma particularidade. Foi dito à mãe que o bebê havia morrido. Contudo, a criança sobreviveu.

Ela olha detidamente o retrato, depois fecha os olhos como se estivesse puxando pela memória.

– A senhora aparenta ser uma boa pessoa, estou vendo que é religiosa – aponto para a cruz em seu colar. – Tenho certeza de que guardar um segredo tão grave não lhe fará bem.

– *La ayudé a dar a luz y no supe qué pasó después. Fue mucho más tarde que supe de esta mujer, Urzula.*

– Quanto tempo?

– *Cuatro o cinco años. No soy amiga de estas mujeres, ni me interesa serlo. Cuando me llaman yo voy y hago lo mio, después me voy pero en este caso me llamó la atención que esta mujer siempre parecía triste. Le pregunté a una de ellas y me dijo que esta Urzula había estado así desde que perdió a su hijo. Entonces, recordé el parto, que el niño nació sano.*

– Você comentou com alguém?

– *Me parece que lo mencioné con alguien en ese momento.*

– Era menino ou menina?

– *Niña. Cuando escuché la historia me dio pena pero no pude hacer nada. En estas situaciones, es mejor no involucrarse.*

– Alguma vez Urzula lhe procurou para perguntar sobre a filha?

– *No. Nunca hablé con ella.*

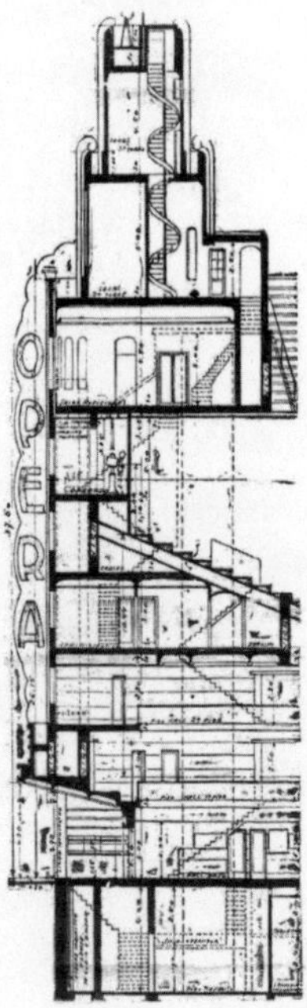
OPERA

8

Encontro Santiago Defenti na porta do edifício onde funciona o escritório de Moises Geist, no fervo da Avenida de Mayo.

– Como conseguiu a entrevista? – pergunto.

– No começo, ele ficou desconfiado, alegou que estava com o dia tomado. Argumentei, então, que possuo algumas informações que podem comprometê-lo e não queria publicá-las sem ouvir o lado dele. Não falha nunca.

O sofisticado escritório de Moises Geist deixa claro que se trata de um profissional bem-sucedido, no bom gosto dos móveis feitos de madeira da melhor qualidade e envernizados com capricho e nos quadros originais com motivos de Buenos Aires. A secretária, uma mulher elegante de meia-idade, abre um sorriso e confere na agenda:

– *¿Periodista Santiago Defenti? El Dr. Moisés lo espera, pase por favor.*

Não passam cinco minutos e ele abre a porta de sua sala. Pela forma quase afrontosa como Santiago conseguiu a entrevista, esperava uma recepção fria por parte do advogado. Contudo, ele nos recebe com um sorriso profissional, superior, imperturbável. Sua fisionomia lembra Barry Norton em *Sea friend.*

– *Un placer conocer al reportero más famoso de la ciudad.* – ele oferece um cumprimento efusivo a Santiago. – *Y el señor es...*

– Paulo Koetz. Colega brasileiro.

– *Me encanta Brasil. Pero ¿qué hace un periodista brasileño en Buenos Aires en esta época del año?*

– Turismo.

– *Tomem asiento, por favor.*

Ele indica duas cadeiras diante de sua imponente escrivaninha onde convivem máquina de escrever, caneta tinteiro, aparelho telefônico, agenda de couro, uma pequena balança simbolizando o equilíbrio da Justiça ao lado de um pequeno candelabro de sete velas e dois retratos familiares. Em um deles, Moises sorri ao lado de uma mulher graúda, certamente sua esposa, tendo ao fundo o Pão de Açúcar. O outro mostra uma menina sorridente vestindo uniforme escolar com as letras *EN*.

– Sua filha? – pergunto.

Ele abre um sorriso de pai orgulhoso.

– *Mi tesoro.*

Depois senta-se e posta as mãos na mesa com os dedos entrelaçados.

– *Señor Defenti, lo escucho. ¿Qué cosa será tan grave para hacerme cambiar la agenda?*

– *Lo que nos trae por aquí es la muerte de un hombre llamado David Finkelstein, ocurrida hace cuatro años* – explica Santiago.

O advogado dá de ombros.

– *¿Debería conocerlo?*

– *Fue usted quien envió el cuerpo al llamado cementerio de los impuros.*

Moises Geist fica em silêncio alguns instantes. Depois começa a falar medindo as palavras.

– *Señores, una de mis tareas como abogado es mediar en situaciones desagradables, como por ejemplo ordenar un entierro digno para personas que no tienen familia, como me parece es el caso de esta desafortunada persona.*

Santiago faz as perguntas.

– *En este caso, ¿como abogado de la Zwi Migdal?*

Ele não se abala.

– *Tengo muchos clientes de diversas instituciones y procedencias, todos tienen derecho a ser representados en los tribunales. La organización que mencionó mi amigo Santiago ya no existe; es un capítulo cerrado. Por lo tanto, mis vínculos, que ya eran esporádicos, han cesado por completo. Cualquier asunto pendiente relacionado con ella debe resolverse con sus antiguos directores.*

– *Volvamos al caso de David Finkelstein.*

– *En aquella época, había muchos conflictos en el submundo, como recordarán. Me llamaron en varias ocasiones. Este hombre, si mal no recuerdo, murió en una emboscada, quizá a manos de sus rivales. Mi participación se limitó a gestionar el cementerio para que pudiera tener una muerte digna. Eso fue todo.*

Chega a minha vez.

– Uma semana antes, o senhor encaminhou o enterro de uma mulher chamada Urzula Wojcika, recorda?

Pela primeira vez, Moises Geist deixa transparecer um tênue sinal de perturbação.

– *Como acabo de decir, en cualquier actividad, nos enfrentamos a momentos de gratificación y otros menos placenteros. Estas son las dificultades del trabajo. Me imagino que así también sucede en su profesión.*

– O senhor a conheceu?

– *No.*

– Sabia que David era o cafetão dela?

– *Señores, ustedes, están haciendo preguntas que están fuera de mi conocimiento.*

– De que ela morreu?

– *No tengo ni idea.*

– Não acha estranho que os dois tenham sido enterrados num espaço de poucos dias?

Ele ergue os ombros.

– *Como dije, mi participación se limita a...*

– O senhor costuma encomendar enterros sem atestado de óbito ou mesmo registro civil da respectiva morte? – mantenho-me na ofensiva.

– *No es habitual.*

– Mas aconteceu com Urzula. Ela foi enterrada sem que sua morte fosse oficialmente registrada. Para um advogado de prestígio, não é nada recomendável.

– *Está siendo impertinente. Respondí las preguntas que pude. Por lo tanto, nuestra conversación...*

– Uma última questão. Qual sua relação com Jacobo Weiss?

– *Durante muchos años, fui abogado de su fallecido padre. Durante los juicios contra presuntos miembros de Zwi Migdal, el señor Jacobo me contrató para defenderlo y demostré que simplemente era un empresario exitoso en la industria del entretenimiento sin ninguna conexión con la trata de personas. Después de eso, perdí contacto con él.*

– Sabemos que ele herdou do pai o prostíbulo Gato Negro, onde trabalhavam várias moças trazidas da Europa. Urzula se prostituía nesse bordel. Por isso, é importante saber quem o acionou para providenciar o enterro.

Moises Geist ergue-se da cadeira bruscamente e dirige-se para a porta do escritório, com o rubor estampado no rosto.

– *Si me disculpa, estoy muy ocupado. Acepté verlo, pero la conversación tomó un giro bastante absurdo. Además, tengo muchos asuntos importantes que atender. Por favor* – ele abre a porta.

Fazemos o que ele pede. Quando já estamos na antessala, ele fala em tom grave.

– *Te recomiendo mucha cautela si vas a llevar este asunto más allá.*

– É uma ameaça? – pergunto.

– *Un consejo: que tengan un buen día.*

Santiago Defenti mantém-se calado até chegarmos à calçada. Então, posta-se à minha frente, transbordando de irritação:

– Que está havendo? Quero explicações!

– Calma, Santi.

– Estou sendo manipulado, *carajo!*

– Primeiro ponto. Tudo que eu falei é verdade.

– Ah, é? E onde entra esse Jacobo Weiss? E a história da cantora francesa?

– Vamos manter a cabeça fria. Eu vou contar tudo, com detalhes, mas preciso beber alguma coisa.

O Café Tortoni fica a uma quadra do escritório de Moises Geist. Adentramos o enorme salão com colunas imponentes, mesas de mármore redondas, cadeiras estofadas, fotografias de artistas e escritores nas paredes, com um amplo balcão onde várias pessoas uniformizadas atendem a clientela. Escolhemos um lugar ao fundo. Antes de dizer qualquer coisa, peço uma cerveja.

Santiago me olha com algum ressentimento. Entrego a ele a sacola.

– Aqui está o diário de Urzula. Precisamos de uma tradução confiável. Agora, ouça. Eu realmente vim a Buenos Aires para investigar um crime e é o que estou fazendo.

Conto a ele com detalhes toda a jornada de Agniezka para encontrar a mãe desaparecida. Como ela foi enganada pela Sociedade de Mútuo Socorro e encaminhada a Jacobo Weiss, dono do prostíbulo onde a mãe da garota atendia.

– Só que a menina possuía um enorme talento musical, havia estudado em um conservatório em Paris. Jacobo percebeu e a colocou para cantar em seu cabaré. Quando ele foi preso no processo da Zwi Migdal, ela ficou sabendo das atividades ilícitas de seu protetor. Descobriu que a mãe havia morrido e desconfiou que ele fosse o responsável. Conseguiu se livrar dele ao ingressar numa companhia musical de um francês chamado Jacques Duchamps. A seguir, a companhia viajou para Porto Alegre, onde nos conhecemos.

– Não entendi onde Juliette Foillet entra nessa história.

– Foi o nome artístico que Agniezka adotou.

Santiago arregala os olhos.

– Você está dizendo que Agniezka e Juliette *¿son la misma persona?*

– Sim. Enquanto durou a temporada da companhia de *monsieur* Duchamps, vivemos uma história de amor muito intensa. Nesse interim, Jacobo foi libertado e viajou a Porto Alegre. Quando soube que o passaporte dela fora perdido, ficou uma fera, passou a persegui-la e quase teve sucesso. Eu estava com ela quando ele e seus capangas nos ameaçaram. Escapamos por pouco.

– Pretendia matá-la?

– Ou tentaria um sequestro. Acionamos a polícia e ele foi preso no momento em que nos ameaçava. Estava descontrolado e admitiu que havia assassinado a mãe de Agniezka. Foi extraditado para cá, mas misteriosamente acabou inocentado pela polícia.

O garçom coloca as cervejas na mesa.

– Quando acabou a temporada, a companhia de *monsieur* Duchamps retornou à Europa e a partir dali ela desenvolveu uma carreira musical meteórica até se tornar uma grande estrela. O fato é que Juliette virá cantar em Buenos Aires e somente há algumas semanas eu soube que Jacobo está livre. Então, me bateu um pavor.

– Veio para protegê-la? Você não está falando sério. Achou que ele se arriscaria a assediar uma grande estrela internacional?

– Concordo, pode ter sido ingenuidade da minha parte. Porém, o caso está tendo desdobramentos inacreditáveis, culminando com a existência dessa menina, que pode ser a chave para algo muito mais grave. Por isso, Urzula foi assassinada.

– E David Filkenstein foi morto logo depois.

– Dano colateral. Sabia demais. De qualquer forma, com todo esse turbilhão de acontecimentos, duvido que Jacobo não saiba da minha presença. Me expus demais. Em alguns momentos foi inevitável. Em outros, fui imprudente. Estive com o comissário Ledesma, o mesmo que *investigou* a morte de Filkenstein e não solucionou o crime, portanto, é apaniguado de Jacobo Weiss. Fui ao antigo prostíbulo que pertencia ao pai de Jacobo e uma das mulheres telefonou para alguém informando da minha presença, depois falei com a parteira e agora com o advogado dele. Um brasileiro fazendo perguntas por aí deve ter atiçado a curiosidade da quadrilha.

Bebemos em silêncio até que Santiago solta uma risada amarga.

– *¡Yo soy tu salvoconducto!* Enquanto eu estiver por perto, não tentarão nada contra você. Quando chega Juliette?

– Daqui a três dias.

– Você tem certeza de que está seguro na livraria?

Passo a noite sufocado pela sensação de que alguma coisa está escapando à minha percepção. Santiago Defenti não brinca em serviço. Cedo da manhã de terça-feira toca o telefone e fico sabendo que Jacobo Weiss herdou de seu pai, Saul Weiss, o Gato Negro, outros dois bordéis e um cabaré chamado Ocean Dancing. Ele fora detido em 1934 durante as investigações contra a Zwi Migdal e permaneceu na cadeia por seis meses. Foi impronunciado no processo porque o advogado Moises Geist alegou que os prostíbulos não estavam registrados em seu nome, apenas a casa noturna.

Miguel serve um mate e quer saber das novidades.

– Você está indo atrás das pistas certas – ele comenta depois de ouvir as aventuras da véspera. – Já tem elementos para comprometer Jacobo e o advogado. Na minha opinião, falta apenas resolver os assassinatos de Urzula e David.

– Tenho a sensação de que algo está me escapando.

– Quando isso acontece, o melhor é reconstituir os passos.

– Santiago me passou o endereço do bordel Gato Negro, a três quadras daqui. Fui até lá e primeiro falei com uma mulher chamada Matilde, a empregada, que estava estendendo roupas. Ela disse que não havia ninguém por ali. Tentei prolongar a conversa, então apareceu a tal Norma, que Urzula menciona no seu diário como *madama* do bordel. Ela não me deu assunto e ameaçou chamar não sei quem para me tirar de lá. Quando eu estava saindo, a outra veio e alcançou a sacola com os documentos.

– A que estava estendendo roupas?

– Sim.

– Se não havia ninguém na casa, de quem são as roupas?

A pergunta de Miguel reverbera. Minha memória volta à cena. Matilde estendendo as roupas.

– Roupas de crianças! Um varal inteiro! Como eu não percebi na hora? Miguel, esses patifes traficam crianças.

– Meu caro Paulo. O caso adquiriu um outro patamar. Não é mais um episódio do passado. Os crimes ainda estão acontecendo.

É preciso refazer alguns passos. O primeiro: voltar à Calle México. Subo as escadas e bato na porta. Espero alguns segundos e bato novamente. Uma vizinha aparece e informa que Juana viajou.

– Quando?

– *Anoche. De repente apareció un hombre y ella empacó sus cosas y se fue con él. Parecía nerviosa.*

Estão no meu rastro. Já perceberam meus movimentos. Saio dali e sigo para o antigo Gato Negro sem ter muita ideia do que fazer. Há um automóvel diante do prédio, o mesmo que atendeu ao chamado de Norma na minha visita anterior. Não entendo muito de marcas, mas posso apostar que se trata de um Ford sedan 1933. Anoto a placa: 16.845. O *chauffeur* fuma ao lado dele, com um pé no para-lamas e o cotovelo apoiado no joelho. Mantenho uma boa distância. Passam-se alguns minutos. Norma deixa o prédio em direção ao veículo. Matilde vem com ela, mas permanece na porta. O homem apruma-se ao volante. Norma dá as últimas instruções à outra e embarca no Ford.

Matilde permanece alguns instantes na calçada olhando o automóvel se afastar. Quando se volta para a porta, estou ao lado dela.

– Onde estão as crianças, Matilde? *¿Los niños?*

– *No puede estar aquí.¡Váyase!*

Ela tenta entrar no prédio, mas eu barro a passagem.

– Diga-me onde elas estão e eu nunca mais lhe procuro.

– *No sé nada. ¡Déjeme entrar!*

– Você não é como eles. Se fosse, não teria me dado os documentos de Urzula.

– *Se los di porque ya no aguantaba más. Por favor, retírese.*

– Onde estão *los niños*? Só isso!

Ela percebe que não vou deixá-la em paz sem a informação.

– *Calle Carlos Calvo, no sé el número.*

– Como eu chego lá?

– *Gira a la izquierda. Camina cinco cuadras y dobla hacia la derecha. Es una casa amarilla grande. ¡Ahora, déjeme en paz!*

Dou um passo para o lado. Ela entra rapidamente no prédio e chaveia o portão.

Chego ofegante à esquina da rua indicada por Matilde e fico por ali. O Ford está estacionado diante de um prédio com aparência de um colégio, no meio da quadra. Tento recuperar o fôlego perdido nos passos acelerados. O motorista fuma encostado no capô. A demora é exasperante. Procuro dar algum sentido aos fragmentos que ocupam minha mente e começo a formar uma ideia que devo pôr em prática quando Norma deixar o local.

Passa-se uma hora. Finalmente, ela aparece acompanhada de um casal bem-vestido. Cumprimentam-se rapidamente e se despedem. Norma deixa o local. O casal embarca em um automóvel sofisticado.

Anoto a placa, deixo passar alguns minutos e toco a campainha.

– Gostaria de falar com a senhora Norma.

– *Ella acaba de irse* – diz uma mulher idosa de traços indígenas, que responde por uma fresta.

– Não acredito! Que horas são?

Ela olha para o interior da casa e responde:

– *Doce menos veinte.*

– Então é isso. Marcamos às onze e eu perdi a hora.

– *Ella no me dijo nada.*

– Sou amigo do casal.

– *Ya se fueron.*

– Que azar! Eu poderia usar o telefone?

– *No puede entrar.*

– Dois minutos, *no más.*

Diante da hesitação dela, tomo a iniciativa de ingressar na sala. Caminho até o aparelho incrustado na parede do salão. Giro o disco do telefone e simulo uma ligação. Do corredor, escuto vozes infantis.

– Como estão as crianças?

Ela faz um gesto vago.

– São quantas, mesmo?

– *Quedan ocho* – responde, contrariada. – *¿Ya terminó?*

– A pessoa não atende.

– *Tiene que irse. La señora Norma no permite que nadie entre aquí sin su autorización.*

– Faz muito bem, mas meus amigos querem ter segurança de que não surgirá nenhum contratempo no processo de adoção.

– *Deberías hablar con el abogado.*

– Doutor Moises, não é? – eu arrisco. – Tentei ligar e ele não atende. As crianças ficam lá nos fundos?

– *No puedes...*

Ignoro o que ela diz e sigo atrás das vozes. A mulher me persegue com exclamações de protesto.

– O senhor Jacobo costuma aparecer?

– *Muy poco, la señora Norma es quien se encarga. Por favor, ¡váyase!*

Ao final do corredor, crianças brincam em uma peça cheia de brinquedos. São meninas e meninos com menos de cinco anos de idade, todos claros, limpos, penteados e bem-vestidos. A brincadeira cessa. Seus olhares pousam em mim, assustados ou esperançosos.

– Qual delas meus amigos escolheram?

A mulher aponta uma menina risonha de dois ou três anos, pele muito branca e cabelos cacheados.

– Ótima escolha. Devem ter gastado uma fortuna. A mãe é viva?

– *No es asunto mío, y ni siquiera debería poder entrar aquí. Si se entera, me mata.*

Retorno com ela em direção à saída.

Em cima de uma mesa há uma pasta de papelão. Vou até ela.

– São os papéis da adoção? Vou dar uma olhada para adiantar serviço.

– *¡Ya le dije que se vaya!*

Dou uma boa olhada nos papéis e me despeço.

– Desculpe, não quero prejudicá-la. Fiquei chateado por ter perdido a reunião. Então, vamos fazer um trato. Um pacto de silêncio. Pra todos os efeitos, eu não estive aqui, certo? Depois eu me acerto com Norma.

Ela concorda, resignada.

9

Compro mais um passe do *subte* – cinco viagens por dois pesos – e sigo para a Calle Maipú. Na entrada do prédio, encontro Alfredo Lezcano, o radialista companheiro de viagem.

– *¡Hola!* Se não é o meu amigo *brasileño*. Já chegou a sua amada?

– Depois de amanhã.

– Imagino a tua ansiedade. O que tem feito?

– No momento, vim visitar Santiago Defenti.

– Uma ótima maneira de passar o tempo. *Santi es un buen compañero.*

– Sem dúvida.

– Como se chama mesmo a tua *novia?*

– Agniezka.

– *Hum, polaca.* Venha comigo.

Ele me conduz ao segundo andar do prédio, onde funciona a Rádio El Mundo, a primeira emissora argentina capaz de ser ouvida em todos os continentes, pois transmite simultaneamente em ondas largas e curtas, ele explica com orgulho. Fazemos um *tour* pelas dependências da rádio, o enorme estúdio de gravação e os potentes transmissores de última geração.

– Agora está no ar o programa *Radio Show*. Conhece essa voz? – pergunta com o dedo apontado para cima.

O som ambiente traz Juliette numa interpretação sofrida de *J'attendais*, que eu havia escutado no Teatro Variedades: *J'attendais, j'attendais / J'attendais ton regard / Pour expliquer enfin / Le pourquoi de ces au revoir / A tout ce long chemin**.

– Se adivinhar o nome da cantora, ganha um *regalo*, ele provoca.

– Juliette Foillet – respondo, cuidando para a emoção não me trair.

– Resposta certa – Alfredo tira da gaveta dois ingressos de cortesia e me alcança. – Para ti e tua amada.

Sem dúvida, estou metido em uma situação surreal.

– Não sei como agradecer.

– Aceite como um presente de futuras bodas.

Desço ao primeiro andar e encontro Santiago Defenti agitado em sua mesa. Quando ele me vê, abre um sorriso malicioso.

* Esperei, esperei / Esperei seu olhar / para finalmente explicar / o porquê dessas despedidas / de todo esse longo caminho.

– Tenho novidades.

– Eu também.

– Quem fala primeiro?

Estendo a palma da mão para ele.

– O cabaré de Jacobo chama-se Ocean Dancing e situa-se na Calle Leandro N. Alem, 286, um lugar denominado *bajo* Buenos Aires ou *zona roja,* onde se concentra a maior quantidade de *piringundines.*

– *Piringundines?*

– São cabarés de baixa qualidade, frequentados por contraventores de todo o tipo e marinheiros em busca de duas coisas: mulheres e bebida. Alguns "empresários da noite" escolheram essas *calles* para instalar seus negócios de duvidosa moralidade.

– O perfil de Jacobo.

– O Ocean Dancing teve seus dias de glória, com música ao vivo de qualidade. Ali, se apresentaram nomes como Miguel Caló e Osvaldo Pugliese.

Lembro: Juliette iniciou ali sua carreira de cantora, quando se chamava *Paulette Blanc.*

– Pelo que apurei – prossegue Santiago –, atualmente está em franca decadência. Esses estabelecimentos da *zona roja* estão na mira da Lei da Profilaxia, pois, na prática, funcionam como casas de prostituição. Agora, *usted.*

– Prepare-se, amigo Santi. Estamos diante de um fato muito mais grave do que imaginávamos. Não se trata apenas dos assassinatos de Urzula e David Filkenstein. Eles fazem parte de um roteiro muito mais perverso. Estou falando de tráfico de crianças. A partir do roubo da filha de Urzula, a quadrilha criou um negócio de adoções irregulares.

– *Usted* está dizendo que eles vendem os *hijos* das prostitutas dos cabarés de Jacobo? Pablito, você está me deixando maluco!

– Antes de descobrir o orfanato, fui atrás da parteira Juana, mas ela simplesmente desapareceu depois da nossa primeira conversa. Alguém a levou.

– Mau sinal. Se a tiraram rapidamente de circulação é porque sabem que estão sendo investigados.

– Depois fui ao Gato Negro e segui Norma até o tal orfanato. O automóvel que a levou é um Ford sedan 1933, placa 16.845.

– Provavelmente, o *coche* utilizado no assassinato de Filkenstein.

– E outra: pago uma jarra de vinho se você adivinhar o nome do advogado encarregado dos trâmites das adoções.

– Essa é fácil. Moises Geist! O cerco se fecha. Ontem à noite, encaminhei o diário de Urzula a Zelig Gnopol, um sujeito que *usted* precisa *conocer*. Ele ficou impressionado e pediu uma reunião urgente. Só preciso checar o endereço do tal orfanato.

– Calle Carlos Calvo, número 477.

Zelig Gnopol é mais jovem do que eu pensava, talvez trinta anos, mas possui um cargo importante na Ezrat Nashim, uma organização voltada a proteger mulheres judias em situação de risco.

– Quando Santiago me trouxe o diário, confesso que relutei em aceitar. Os senhores devem compreender. Para nós, a Zwi Migdal foi um episódio desagradável na história da comunidade judaica na Argentina. Finalmente, esse mal foi extirpado e pretendíamos colocar uma pá de cal nesse assunto. Porém, a missão de apoiar as mulheres de origem hebraica nos coloca a tarefa de lidar com o rescaldo dessa tragédia.

– Cuidar das antigas escravas da Zwi Migdal – traduz Santiago.

– *No fue fácil.* Para a gente elas continuam sendo *impuras* porque aceitaram essa condição ou por livre e espontânea vontade ou porque não opuseram resistência. Os níveis de incompreensão são variados, desde os que refutam qualquer tipo de apoio, ou seja, defendem que deveríamos abandoná-las à própria sorte, até os que pedem investigação caso a caso, o que seria impraticável. Bom, fiz todo esse discurso para mostrar aos senhores o tipo de dilema em que nos encontramos no nosso propósito de restabelecer a harmonia entre a nossa comunidade depois de quase quarenta anos.

– Imagino – diz Santiago. – Nossa preocupação no momento é o caso de Urzula.

– *Les voy a contar una cosa.* Há quatro anos atendi uma jovem chamada Agniezka Wojcika, com uma história curiosa e trágica para contar. Ela veio à Argentina em busca de notícias sobre a mãe, que não via há mais de dez anos. Aqui chegando, desinformada, procurou a entidade de apoio mútuo, fachado da Zwi Migdal, e eles a enviaram para um patife chamado Jacobo Weiss, acho que vocês sabem quem é. Quando ela descobriu quem ele era de verdade, passou a ser perseguida e recorreu a nós. Fizemos uma investigação e descobrimos que a mãe dela...

– Urzula.

– ...havia morrido, mas não soubemos em que circunstâncias. Enfim, conseguimos livrar a jovem Agniezka das mãos da Zwi Migdal. Ela integrou-se a uma companhia de variedades e saiu daqui sã e salva. Agora, com a leitura do diário, percebi que a história é bem mais complexa e envolve uma criança roubada de sua mãe após o parto. *Todo esto abre una nueva línea de abordaje.*

Santiago vira-se para mim, como se me passasse a palavra.

– Existe um orfanato clandestino onde as crianças, possivelmente filhas de escravas da Zwi Migdal, são comercializadas. Zelig escuta, embasbacado.

– *¿Ustedes saben dónde queda?*

Puxo o bloco, escrevo o endereço e estendo a ele.

– Eu estive lá hoje. Flagrei um encontro entre uma mulher chamada Norma, antiga *madama* do bordel Gato Negro, e um casal interessado em adotar uma menina. Depois que eles saíram consegui entrar na casa e vi os papéis da criança, com a autorização de uma mulher chamada Zelda Bronks, provavelmente mãe da criança, mas no lugar da assinatura havia um "X".

– Zelda Bronks é uma das moças que estamos assistindo. *Ella dice que le robaron la hija recién nacida.*

– Obviamente, as crianças são filhas de prostitutas e objetos de um tipo medonho de comércio – afirma Santiago.

– Quando saí de lá, conversei com alguns vizinhos. Aparentemente, consideram uma instituição normal voltada à adoção de órfãos. Porém, quando eu avanço na conversa, começam a surgir detalhes inusuais.

– Por exemplo?

– O tal orfanato funciona há mais de dez anos e houve épocas em que chegou a manter 30 crianças. A mulher que cuida da casa afirmou que "restam oito".

– Tem lógica. Agora não existem mais bordéis, portanto, não há mais "matéria-prima". Vocês não deviam se arriscar assim. Eles são perigosos.

– Esse estabelecimento não consta em nenhum registro oficial – agrega Santiago.

– Se é possível adotar uma medida drástica em relação ao orfanato, eu sugiro que seja feito imediatamente – proponho. – Nas minhas investigações, tenho deixado alguns rastros. Temo que eles percebam e se antecipem.

– Sem dúvida – Zelig concorda. – *Voy a entrar en contacto con el juez Ocampo inmediatamente.*

Despeço-me de Santiago e tomo a direção da Corrientes. Na esquina com a Lavalle, preciso parar em função do tráfego de automóveis. Viro a cabeça e vejo um sujeito de casaco de lã marrom com os olhos cravados em mim. Caminho mais uma quadra e percebo que ele me segue. Paro diante de uma casa lotérica e finjo que estou conferindo os números sorteados. Ele desaparece do meu raio de visão. Passo em frente ao Teatro Ópera onde há uma pequena fila nas bilheterias para o espetáculo de Juliette. Faço uma pausa mirando os cartazes, e quando me volto, o perseguidor fuma um cigarro encostado na parede do Cine Rex. Dou meia-volta e ele percebe. Meus passos adquirem velocidade.

Desço as escadas da estação Florida e me posto na plataforma. O sujeito mantém uma certa distância. Chega o comboio. Abrem-se as portas e eu pulo para dentro. Ele faz o mesmo na entrada seguinte. Vejo o tipo se aproximar pelo corredor. Espero. Ele chega perto, com as mãos nos bolsos e os olhos fixos em mim. Soa o apito, as portas estão se fechando. Quando o perseguidor chega a meu lado, consigo saltar do vagão pela última fresta que restava.

Estou exausto. Retorno à livraria com uma garrafa de vinho de um peso e vinte centavos debaixo do braço a qual, espero, me ajudará a relaxar. São quase oito da noite, porém vejo as luzes acesas. Algo está errado. Apresso o passo e o mau pressentimento se confirma. Graciela alisa o rosto de Miguel usando uma compressa de água morna e ele reage com alguns gemidos. Inchaços, cortes e hematomas desfiguram seu rosto. Meu sangue ferve.

– Chamei um auto de praça para nos levar pra casa – Graciela diz –, mas você não pode ficar aqui, *es peligroso*.

Ela apanha 100 pesos da gaveta do birô e me alcança.

– O que eu posso fazer por ti? – pergunto a Miguel.

– Acabe com esses miseráveis!

– Mas tome cuidado – Graciela comenta. – Eles não estão para brincadeira.

Desço do ônibus 610 na Plaza Bartolomé Mitre e tenho um longo trajeto a vencer até o Ocean Dancing, com o cérebro acelerado, que ainda não consegue formar uma ideia do que pretendo fazer no *bunker* de Jacobo Weiss. Pela Calle Leandro N. Alem, centro do *bajo* Buenos Aires, enfileiram-se as *piringundines* mencionadas por Santiago. Luminosos a neon exibem seus nomes: Derby, Royal, Cielo de California, Montmartre. Cartazes mostram desenhos e fotografias de mulheres seminuas com *maillots* cavados e plumas na cabeça. Há uma boa movimentação por aqui, mas os semblantes de quem anda de porta em porta pelos cabarés evidenciam uma atmosfera decadente, como se estivessem ali por algum hábito recorrente e não munidos de excitantes expectativas. Como se não lhes restasse outra coisa para fazer à noite.

O Ocean Dancing está localizado um pouco adiante do Montmartre, sob uma marquise larga de um prédio de dez andares e separado da calçada por arcos amplos e levemente pontiagudos. O luminoso diagonal em amarelo e vermelho mostra o desenho de um casal dançando ao lado do nome do cabaré. Um sujeito parrudo de terno claro percebe a minha hesitação e faz um gesto eloquente em direção à entrada, como se eu precisasse de um estímulo para ingressar.

Algumas luminárias roxas dramatizam a escuridão do ambiente, que fede a mofo e perfume barato. Escolho uma mesa na penumbra, perto da saída e distante do palco. Fico a imaginar Juliette em início de carreira naquele pequeno quadrilátero, aplaudida por contraventores, marinheiros e prostitutas, sob o olhar cínico de Jacobo Weiss, e isso me faz um mal danado.

Lembro de uma conversa no parque de diversões montado na exposição do centenário farroupilha, dois anos atrás. Estávamos alegres, envolvidos em implicâncias mútuas e divertidas. De repente, ela ficou triste e perguntou:

– E quando eu for embora?

– Vou atrás de ti – respondi.

– A qualquer lugar?

– Nem que seja no inferno.

Então ela retomou o bom humor.

– O que eu faria no inferno?

– É modo de dizer, *ma chérie.*

– Modo de dizer tolice.

E brincou com isso por uns bons minutos. Mais tarde, quando passeávamos de barco no laguinho do parque, com o corpo recostado no meu, ela murmurou:

– Já estive no inferno. Não quero voltar pra lá.

Acariciei seu rosto e senti algumas lágrimas.

O Ocean Dancing se transformaria no inferno de Juliette, mas ela custou a perceber. Peço uma cerveja ao garçom. Ainda é cedo. Poucas mesas estão ocupadas e algumas garotas circulam entre elas. Uma delas vem em minha direção.

– *¿Me invitas a tomar algo?*

– *Ahora no. Más tarde.*

Ela insiste um pouco com uma voz melosa, sugerindo algo além da bebida.

– *¡Más tarde!* – repito, com alguma rispidez.

Valorizo a cerveja com longas pausas entre os goles. Não posso vacilar. O garçom vem pelo menos três vezes à mesa e eu o dispenso. A *copera* que me assediou olha-me com impaciência.

Os clientes vão chegando, em geral, os mesmos de sempre, a julgar pela intimidade com os garçons e as garotas. Não tenho a menor ideia do que vai acontecer, e a certa altura começo a duvidar da minha sanidade mental. Sou quase obrigado pelo garçom a aceitar uma segunda cerveja. A moça que me abordou faz menção de se aproximar. Eu a detenho mostrando a palma da mão.

Um casal ingressa no cabaré a passos agitados, a mulher à frente. Um casal conhecido. Passam reto pelo salão e se enfiam em uma porta entre o balcão dos *drinks* e os sanitários, provavelmente o escritório da casa. Passa-se talvez uma hora e os olhares impacientes do garçom me constrangem a pedir mais uma cerveja. Mantenho a atenção focada na porta por onde Moises Geist e Norma entraram. Agora retornam ao salão acompanhados de um sujeito corpulento, terno cor de violeta, o mesmo da noitada no Marabu, a brilhantina do cabelo refletindo a iluminação roxa.

Posicionam-se em uma mesa na outra extremidade. Dois sujeitos acomodam-se na mesa ao lado. Reconheço em um deles o motorista do Ford sedan. O outro, imagino, deve ser o assassino de David Filkenstein.

O garçom deposita um balde de champanha na mesa. Para quem não tinha mais contato com Jacobo Weiss, o advogado Moises mostra-se à vontade, mas está tenso. Fala aos borbotões, como se estivesse diante de algum risco iminente. A seu lado, evidenciando alguma intimidade com ele, Norma faz intervenções curtas, provavelmente endossando o discurso do advogado. O que o deixa tão nervoso, doutor Geist?

Jacobo tenta acalmá-los. Deve estar dizendo que as coisas estão sob o seu controle. Chega uma quarta figura. O comissário Mario Ledesma agora é o centro da conversa. Não duvido que esteja relatando a surra em Miguel que encomendou a seus trogloditas para saber do meu paradeiro. Moises Geist leva as mãos à cabeça, ergue-se da cadeira, caminha em torno da mesa, interpela o comissário. Os dois metem-se em uma discussão aguda. Jacobo tenta contemporizar. Age como um pai compreensivo diante de dois filhos brigões. Faz uma preleção, gesticula, soqueia os ombros dos comparsas, solta uma risada apaziguadora e ergue um brinde. Imagino que esteja dizendo algo do tipo: *"Calma. Todos estamos en el mismo barco"*.

É o barco que eu pretendo afundar, mas não agora. Hora de bater em retirada. Norma e Moises mantêm as mãos entrelaçadas sobre a mesa, Jacobo vangloria-se, o delegado bebe e eu não tenho nada mais o que fazer naquele antro. Porém, ao terminar a cerveja, sinto um impulso irresistível de sabotar a harmonia precária instalada por Jacobo na mesa com seus asseclas. Peço a conta ao garçom. Considero cinco pesos um valor abusivo pela precariedade do lugar. Busco o bloco do bolso e escrevo:

"Os cadáveres emergem das tumbas. Chegou a hora do ajuste de contas."

Entrego ao garçom os cinco pesos e a folha dobrada ao meio.

– *Por favor entréguelo al señor Jacobo.*

Quando ele vira as costas, esgueiro-me rumo à saída. Atravesso a rua e me misturo aos desocupados que se esparramam pela *plazoleta,* defronte ao Ocean Dancing. Dali, assisto a tudo. Jacobo aparece na frente dos demais. Encolerizado, interpela o porteiro aos berros e dá ordens aos dois brutamontes que estão ao seu lado, mas eles não sabem o que fazer. O comissário vem até o meio da rua com a cabeça girando para os lados. Estão desnorteados. Moises Geist junta-se a eles, mas sua expressão não é de fúria e sim de preocupação, agora redobrada. Jacobo relê o bilhete e o estraçalha com as mãos.

Saio dali e hospedo-me em uma espelunca de 15 pesos.

Tomo um longo banho e me preparo para o que vier. Alguém vai dormir mal essa noite e não serei eu.

Quinta-feira. Do primeiro café que encontro, ligo para Santiago Defenti.

– Onde está você? – ele reclama. – Liguei para a livraria e avisaram que você havia saído de lá. Aconteceu algo?

Faço um minucioso relato dos episódios desde que nos despedimos. Fui perseguido, cheguei à livraria e encontrei Miguel machucado, fiquei possesso e me dirigi à *boite* de Jacobo. Assisti a uma conversa entre ele, o comissário Ledesma e Moises Geist, acompanhado de Norma, e deixei um bilhete provocador.

– Definitivamente, você perdeu o juízo. *Bueno*, também tenho novidades das boas. Tens compromisso no início da tarde?

Estamos dentro do automóvel do jornal a uma boa distância do casarão amarelo aguardando o início da operação. O *chauffeur* do Ford sedan 1933 fuma encostado no para-lamas. Significa que Norma está na casa e terá uma desagradável surpresa. Às 14 horas em ponto, duas viaturas e um ônibus da polícia estacionam diante do orfanato de Jacobo Weiss. Zelig Gnopol vai à porta e toca a campainha. Vejo uma fresta se abrir. Um agente empurra a porta e um grupo de policiais ingressa no prédio. Santiago e o fotógrafo do *El Mundo* seguem seus passos. Acho prudente ficar de olho no motorista do Ford, que percebe a movimentação policial, pula para dentro do veículo e dá a partida. Tento contê-lo, mas quase sou atropelado.

A operação dura cerca de meia hora. Norma e a funcionária são instaladas em uma das viaturas. Os agentes deixam o prédio carregando uma farta documentação. Zelig conduz as crianças para o ônibus da polícia.

Santiago está eufórico.

– O próximo passo é prender Jacobo!

– Não será fácil. O motorista do Ford acaba de fugir.

Ele corre para avisar os policiais. Imediatamente, as duas viaturas partem em alta velocidade.

– *¡Venga!*– Santiago grita do interior do automóvel do jornal.

– Vou ficar por aqui. Ligue mais tarde.

Encontro Miguel sentado à sua mesa com alguns esparadrapos no rosto e o braço pendurado em uma tipoia.

– Quem é? – aponto para um sujeito forçudo plantado na porta da livraria.

– Meu anjo da guarda. Um camarada do sindicato dos estivadores.

– Está com uma cara boa, excluindo os curativos.

– Não foi a primeira surra e talvez não seja a última.

– Graciela deve estar aborrecida comigo. No fim, acabei expondo vocês.

– *No pasa nada.* Quando fui preso pelos milicos foi bem pior. A preocupação dela agora é contigo. E então? Quero saber tudo.

Miguel escuta maravilhado o relato dos últimos acontecimentos. Porém, ao saber que o motorista conseguiu fugir durante a batida no orfanato, ele franze o cenho.

– Jacobo vai escapar e isto cria um problema. Ele é um sujeito impulsivo e não vai deixar as coisas desse jeito. E vai tentar atingi-lo no seu ponto fraco.

– Juliette.

– Tenho convicção de que em situação normal ele não faria nada contra ela, mas com tudo que aconteceu...

– Ou seja, fui eu, com minhas investigações atribuladas, quem colocou Juliette em perigo.

– Não se culpe, afinal o sujeito é um bandido e você fez bem em desmascará-lo. Mas é preciso reforçar a proteção dessa jovem. Quando ela chega?

– O show é sábado, então ela deve chegar amanhã.

Estendo a ele os dois ingressos para o show, brindados por Alfredo Lezcano.

– É uma pequena compensação pelos estragos que causei.

– Eu e *mi vieja* estaremos lá, com certeza.

Encontro Santiago no final da tarde. O orfanato foi interditado e as crianças estão aos cuidados da Ezras Nashim, a instituição dirigida por Zelig. O juiz Ocampo ordenou a reabertura do inquérito do assassinato de David Filkenstein e uma investigação sobre a morte de Urzula. O comissário Ledesma foi afastado de suas funções e se encontra em prisão cautelar.

Por fim, as más notícias: Jacobo Weiss, como eu já esperava, sumiu do mapa. Moises Geist foi chamado a depor, mas a secretária informou que ele precisou viajar de última hora.

10

O *Cap Arcona* atraca na Dársena Norte perto das 3 da tarde de sexta-feira. Meus olhos inspecionam as dezenas de pessoas agrupadas no cais para receber a estrela Juliette Foillet. Estão contidas por uma corda e vigiadas por policiais uniformizados. Só quem pode circular livremente pelo cais são os repórteres. Eu poderia estar entre eles, valendo-me da minha carteira fornecida pela Associação Rio-grandense de Imprensa, mas prefiro ficar à distância, anônimo, entre os fãs.

Então a vejo e meu coração começa a pular. A pequena Juliette desce as escadas sob os *flashes* dos fotógrafos. Veste um *tailleur* de lã verde-escuro com uma gola de peles e um chapéu cinzento que lhe cobre a cabeleira ruiva. Por trás dos óculos escuros, seus olhos passeiam ansiosos pela multidão, como se procurasse algo. Eu? Os jornalistas acercam-se dela.

– *¿Es cierto que empezó su carrera aquí en Buenos Aires?*

– *Canté aquí cuando formaba parte de la compañía de Monsieur Jacques Duchamps* – ela responde em castelhano com um delicioso sotaque francês. – *Fue una época de gran aprendizaje.*

– *¿Se rumorea que incluirá una canción argentina en su actuación?*

– La cumparsita *forma parte de mi repertorio habitual, pero estoy guardando algunas sorpresas para el público.*

– *¿Qué recuerdos tiene de la Buenos Aires de aquella época?*

– *El cariño del público, que pretendo corresponder en mi función de mañana.*

– *Con tantos pretendientes, ¿Mademoiselle sigue soltera o tiene un novio secreto?*

– *Próxima pregunta.*

O empresário encerra a entrevista, alegando que Juliette precisa ir ao hotel para descansar, pois à tarde tem ensaio no teatro.

O Hotel Alvear tem o aspecto de um palácio. É uma fortaleza de oito andares construída na esquina das avenidas Alvear e Ayacucho, no sofisticado bairro Recoleta. Tudo parece requintado. O hall tem piso de mármore que se estende até a recepção. Diante dele, à direita, sobe uma escadaria em espiral iluminada por janelões. Dois pares de colunas demarcam o ambiente entre o hall e o bar inglês situado da outra extremidade. Ali, alguns jornalistas acomodados nas cadeiras estofadas confabulam com os dois policiais encarregados da segurança.

O empresário Leblanc chega-se ao grupo e informa que Juliette Foillet vai ensaiar no Teatro Ópera até a noite. Na manhã seguinte, pretende dar um passeio pela cidade, mas, por enquanto, não pode informar o itinerário.

Sigo para o Ópera e abanco-me no Café Marzotto, ao lado do teatro. Um pequeno grupo de fãs ocupa a calçada, nenhum que aparentemente ofereça perigo. No meio da tarde, três automóveis trazem Juliette e os músicos para o ensaio. Ela é atenciosa. Sorri, dá autógrafos e posa para fotografias. A *entourage* ingressa no teatro e dois sujeitos mal-encarados postam-se junto à porta. Vou até eles, de caneta e bloco em punho.

– Sou jornalista brasileiro e estou fazendo uma reportagem sobre a exibição de *mademoiselle* Foillet em Buenos Aires. Gostaria de saber da programação prevista até o horário do show.

– *No tenemos autorización para dar entrevistas.*

– É apenas uma conversa. A minha reportagem tem um enfoque na interação dela com a cidade e não somente o espetáculo musical.

A muito custo, consigo arrancar dos seguranças que por volta das dez da manhã ela irá à Calle Florida fazer compras. Utilizo o que restou do dinheiro emprestado por Graciela para comprar um novo terno e me instalo em um quarto *single* do Alvear, diária de 50 pesos.

De manhã, banho tomado, acordo cedo e espero sentado no bar inglês. Por volta das dez horas, Juliette aparece no saguão acompanhada de uma jovem, provavelmente sua secretária. Deixa o hotel seguida pelos dois seguranças. Tomo um táxi até a Florida e custo a encontrá-la na multidão que ocupa as calçadas da *calle* repleta de lojas sofisticadas.

Consigo visualizá-la à altura da Casa Norcan. Juliette flana despreocupada, porém os dois policiais me parecem tensos, movendo a cabeça para os lados. Acompanho à distância, do outro lado da rua, onde os comerciantes baixaram os toldos para proteger as vitrines do sol da manhã. As calçadas estão apinhadas. Eventualmente alguém a reconhece e puxa assunto.

Sinto ganas de atravessar a rua, abraçá-la, beijá-la, acompanhá-la nesse trajeto, matar a saudade que me sufoca, mas preciso seguir o plano, desejando que o passeio acabe de uma vez e ela volte sã e salva para o hotel.

Na liquidação de saldos da Etam, Juliette faz sua escala mais demorada. Sai de lá carregando duas sacolas, que entrega à secretária. Passa diante da redação do *La Nación*, olha a vitrine da livraria El Ateneo, atravessa rua e entra da loja Santareli, mas não fica muito tempo.

Sigo seus passos à distância. Diante da Grimberg, especializada em discos e rádios, alguns fãs a interceptam. Ela procura ser atenciosa, mas parece incomodada com o assédio um tanto exagerado. Os dois seguranças estão preocupados. Então, ouve-se um grito do outro lado da rua. Uma mulher cai ao chão e grita:

– *¡Ladrón!*

Todos voltam-se para a mulher, que não para de berrar. Giro a cabeça para a loja de discos e Juliette não está mais ali. Sua secretária está agachada, juntando os pacotes.

– Onde ela foi? – pergunto.

– Lá! – ela aponta, desesperada.

Na esquina com a Corrientes, um Ford sedan preto começa a se movimentar antes que as portas se fechem. Porém, o motorista tem dificuldade de transpor o trânsito intenso. Corro até ele e olho através do vidro. Juliette está espremida entre dois sujeitos. Um deles lhe aponta uma arma. Quando me vê, tenta gritar. Do alto de sua guarita, o guarda apita. O Ford arranca esgueirando-se entre os demais veículos. Perdi Juliette. A sensação é horripilante.

Permaneço no meio da rua ouvindo buzinas e xingamentos. Ao chegar à esquina com a Calle San Martín, contudo, o Ford freia de supetão. Diante dele, um grupo de mulheres desfila aos gritos. Consigo ler as faixas que elas carregam:

¡Contra la carestía de la vida!
¡Aumentem el salário de nuestros maridos!
Las mujeres de los Albañiles

Vejo um táxi parado. Uma mulher vai embarcar. Corto a frente dela e subo no veículo. Ela reclama, o *chauffeur* protesta.

– Caso de vida ou morte. Estás vendo aquele Ford sedan preto? *No lo pierda de vista. ¡Sígalo!*

Ao final da passeata, o Ford arranca, vira à esquerda e segue em alta velocidade perseguido pelo táxi.

– *¿Qué calle es esta?*

– *San Martín.*

O Ford avança pela San Martín, passa em alta velocidade por vários cruzamentos até alcançar um grande parque.

– Para onde ele está indo?

– *Está yendo por Santa Fé hacia el lado de Palermo.*

Passam-se uns vinte minutos até que o Ford estaciona diante de um sobrado, em uma rua afastada, quase sem movimento. Peço para o motorista manter distância.

Três homens desembarcam. Dois deles conduzem Juliette para o interior da casa. O outro permanece vigiando a porta. Pego o bloco e escrevo.

– *¿Qué está pasando?* – o motorista pergunta.

– Como te chamas?

– Lionel.

– Lionel, presta atenção. Nós somos testemunhas de um sequestro. Quero que você procure a *comisaría* mais próxima e avise a polícia. De lá, telefone para esse número – entrego a folha do bloco para ele – e peça para falar com o repórter Santiago Defenti.

– Do *El Mundo.*

– Conhece? Melhor. Leia para ele essa mensagem. E rápido! A vida daquela moça está em risco.

Não posso esperar. Dirijo-me à casa. Ao me aproximar, ergo os braços. O vigia olha-me com surpresa. É um velho conhecido, o sujeito de casaco marrom que me perseguiu no dia do atentado contra Miguel. Ele aponta a pistola e me empurra para dentro da casa.

Sou levado até uma sala onde estão Juliette, os outros dois sequestradores e o advogado Moises Geist.

Quando ela me vê, faz menção de se levantar, mas um dos sujeitos a contém:

– Paulo, o que você está fazendo aqui? Quem são essas pessoas? O que está acontecendo?

– Não se preocupe, *ma cher.*

Moises Geist lança um olhar interrogativo ao tipo de marrom, que responde.

– *Él vino solo.*

O advogado volta-se para mim.

– *Bueno, miren, el brasileño entrometido. Ya había perdido la esperanza de encontrarlo, pero el destino nos unió. Vino a salvar a su amada, ¿no? lo siento, pero es demasiado tarde, a estas alturas, ya no hay vuelta atrás para la joven pareja.*

– Não diria isso. Tenho uma proposta de acordo que será de seu estrito interesse, pois envolve um aspecto muito sensível de sua vida familiar.

– *Estás fanfarroneando.*

– Primeiro ponto do nosso acordo. *Mademoiselle* Juliette tem um compromisso esta noite no Teatro Ópera, portanto, deve ser libertada imediatamente, antes que Jacobo junte-se a nós.

– Jacobo! – ela grita, horrorizada.

– Solte Juliette! – eu grito.

– *¿Por qué la soltaría?*

– Já vou lhe explicar.

Porém, acontece o que eu temia.

– *¿Que está pasando aquí?* – Jacobo exclama em altos brados ao ingressar na sala. – *Miren quien está aquí, Juliette Foillet que para mí, seguirá siendo Paulette Blanc, la cantante que lancé y no tuvo la humildad de reconocerlo. Como la pieza de resistencia, el periodista brasileño entrometido. ¿Dónde estuviste? Te buscamos por toda la ciudad.*

– Procurou nos lugares errados.

– *No importa. Vas a aparecer mañana en la necrológica.*

– Monstro! – Juliette berra.

– *Y usted, lo siento, la Ópera tendrá que reembolsar a las dos mil personas que compraron entradas. ¿Qué están esperando?* – ele diz aos homens armados.

– *Esperá, Jacobo. El joven tiene algunas cosas que decir.*

– *¿Se está ablandando, Dr. Moisés? No actuó así cuando ordenó que mataran al proxeneta que lo chantajeaba, ¿recuerda? Ese tipo no es tonto. Seguro que lo entregó. Me encantaría acabar con él poco a poco, pero no hay tiempo.*

Chega a minha vez. Preciso estender essa conversa para ganhar tempo.

– Antes que haja alguma precipitação, vou contar aos senhores uma história infame, ignóbil. Perdão, *chérie,* mas você precisa ouvir. Ela começa quinze anos atrás, em Krakow, quando uma jovem viúva chamada Urzula é aliciada por um patife chamado David Filkenstein, membro da organização criminosa Zwi Migdal, cuja finalidade era trazer mulheres do Leste Europeu para abastecer a prostituição em Buenos Aires.

Juliette tem uma crise de choro.

– Aqui chegando, em vez do casamento prometido, ela é jogada num prostíbulo chamado Gato Negro e passa a ser explorada pelo cafetão que a ludibriou, deixando uma filha e sua velha mãe na Polônia. Esse bordel é um dos três herdados por Jacobo do velho Saul.

– *Terminemos con esto de una vez.* – Jacobo está impaciente.

– Onze anos depois, a jovem Agniezka – olho para Juliette – foi corajosa e veio em busca de sua mãe. Ao procurar a Sociedade de Mútuo Socorro, na verdade, uma fachada da Zwi Migdal, acabou nas garras deste cidadão desprezível aqui presente – aponto para Jacobo, que mantém um sorriso cínico no rosto. – Ela pedia que ele a ajudasse a encontrar a mãe. Em vez disso, percebeu que ela tinha um extraordinário dom artístico e passou a explorar o seu talento. Para evitar problemas, mandou assassinar Urzula, movido por duas razões. Uma: se mãe e filha se encontrassem, ele seria desmascarado. A segunda..., e aí entra o impoluto advogado Moises Gest, aqui presente.

Viro-me para Juliette.

– Prepare-se, meu amor. O que vou contar a seguir vai mexer e muito com seus sentimentos.

Volto a encarar o advogado.

– Urzula ficou grávida e escondeu essa condição até passar o prazo para o aborto. Ela teve uma menina pelas mãos de uma parteira chamada Juana. Na época, foi informada que sua filha havia morrido no parto, o que a deixou profundamente deprimida. No entanto, anos depois, a partir de uma inconfidência da parteira, ficou sabendo que a menina teria nascido saudável. Então, passou a insistir com David para tirar a história a limpo, porém ele não poderia fazer isso, porque estava envolvido até o pescoço na trama sórdida envolvendo a adoção da criança.

– Eu tenho uma irmã – Juliette balbucia, entre lágrimas.

– Quando a situação se tornou insustentável e a insistência de Urzula começou a afetar o cotidiano do bordel, Jacobo e David combinaram de comum acordo eliminar a inconveniente Urzula. A morte dela não foi registrada oficialmente, mas, por alguma razão aleatória, talvez medo de alguma vingança dos deuses, decidiram realizar o seu enterro no cemitério dos impuros.

Juliette chora convulsivamente.

– *Ella ya estaba muy enferma, la muerte era cuestión de semanas* – Jacobo desdenha.

– Mas ainda assim havia o risco de que Agniezka pudesse encontrar a mãe, portanto, vocês não poderiam esperar.

– E a minha irmã? Onde está ela?

– Foi adotada ilegalmente, *ma cher.* É preciso referir que a adoção ilegal da filha de Urzula abriu as portas para um excelente negócio paralelo de dois criminosos aqui presentes: traficar crianças. Num passe de mágica, os abortos nos bordéis de Jacobo deram lugar aos partos, e os bebês roubados ou comprados de suas mães eram enviados a um orfanato clandestino, onde poderiam ser adotados a peso de ouro, sem as exigências da lei. Me corrija se estou errado, doutor Moises.

– *Estos niños tuvieron una oportunidad de vivir* – ele tenta justificar.

– O doutor Moises aparece nas requisições de enterro de Urzula e de David, com uma semana de diferença. Eu tenho uma hipótese para a morte de Filkenstein, mesmo que ele tivesse concordado com o assassinato de Urzula. Com a morte dela, o cafetão perdeu sua fonte de renda, desculpe falar assim, meu bem. Então, passou a exigir dinheiro, muito dinheiro, não é mesmo, doutor Moises? E ele tinha um trunfo poderoso. Eu me perguntava por que razão um advogado bem-sucedido, que prestava serviços a grandes corporações, se envolveria em crimes praticados no submundo. Quando estive em seu escritório, acompanhando meu colega Santigo Defenti, repórter do *El Mundo*, pus os olhos no retrato de sua filha e tudo fez sentido. Rachel é a cara de Agniezka quando jovem – tiro o retrato do bolso, mãe e filha em Krakow, e mostro a Moises e depois Juliette.

Ela arregala os olhos e põe as mãos na boca.

– Onde você conseguiu?

– *¡No la metas a Rachel!* – Moises protesta.

– Voltando um pouco no tempo, o vínculo do doutor Moises com a Zwi Migdal nasce através de uma mulher chamada Norma, sua amante. Através dela, ele conhece Saul Weiss e começa a prestar-lhe serviços advocatícios com uma condição: que ela se torne a *madama* do Gato Preto, no que é prontamente atendido. Acontece que, em sua vida pessoal, ele tinha uma frustração. Imagino que sua esposa Sarah não pudesse ter filhos. Então, fica sabendo que a mulher mais bonita do bordel, Urzula, está grávida e cresce o olho. Assim, por influência de Norma ou pelos serviços prestados à família Weiss, ele recebe de presente uma linda menina, que se tornará sua filha através de um processo de adoção ilegal, portanto, criminoso, sob os auspícios do próprio gigolô de Urzula, o infame David Filkenstein.

Jacobo dirige-se a Moises.

– *¡Se nos acabó el tiempo! ¡Maten a este tipo de una vez!*

– Daqui a alguns minutos – eu prossigo –, a menina Rachel Geist estará recebendo um *regalo* em sua sala de aula da Escola Normal. Trata-se de um disco da estupenda cantora Juliette Foillet, aqui presente.

– *¡No tenías ningún derecho!* – Moises reage.

– Após a morte de Urzula, David Filkenstein ameaçava contar a todos o segredo do refinado doutor Moises: sua filha querida foi roubada da verdadeira mãe após o parto. Como Jacobo acabou de dizer, David o chantageava. Não havia outra saída senão eliminá-lo, e quem executou foram os cavalheiros aqui presentes – faço um gesto em direção aos três capangas. – O Ford sedan 1933 preto placas 16.845 do qual David foi jogado na rua e assassinado com três tiros está registrado no Departamento de Trânsito em nome do nosso ilustre advogado e não de Jacobo, como eu pensava inicialmente.

– *Era um mal bicho. Nadie lo va a estrañar.*

– Pode ser, mas tenho uma má notícia para os senhores: o inquérito arquivado pelo comissário Ledesma, cúmplice dos senhores e já devidamente afastado de suas funções, será reaberto, pois existe uma testemunha disposta a depor.

Moises Geist sua frio. Jacobo cobra providências.

– *¡Rápido! ¡Resolvamos este problema ahora!*

– Não há como resolver. A alternativa seria me tirar de circulação ou me punir de alguma forma. Para isso, tiveram a ousadia de sequestrar uma estrela internacional.

Jacobo espanca a mesa.

– *¡Dale!* – vira-se para os capangas e ordena. – *¡¿Qué están esperando?!*

O tipo de casaco marrom tira o revólver do bolso, aponta para nós, mas espera a autorização de Moises Geist.

– Pense bem, doutor Moises. A essa altura, depois de receber o disco, Rachel está sendo informada de tudo que acabei de relatar. É tarde demais, mas o senhor pode fazer alguma coisa pela menina. Pelo menos, ela saberá que o sujeito que amava como pai teve um último gesto de nobreza e poupou a vida da sua irmã, a qual ela ainda não conhece.

– *¡No caigas en ese truco, Moisés!*

O advogado volta-se para o homem armado e faz um gesto displicente. Este vira o revólver para Jacobo e dispara três vezes. Depois, estende a mão e o sujeito lhe entrega a arma.

– *¡Váyanse de aquí!* – ele berra para os capangas.

Já se ouvem sirenes da polícia do lado de fora. O advogado está debruçado sobre a mesa com a cabeça entre as mãos.

– *Ustedes también...* – murmura.

Eu e Juliette saímos de mãos dadas. Da porta, escutamos:

– *Si habla con Rachel dígale que la quice tanto...*

Na rua, os capangas de Moises são rendidos pela polícia. Santiago Defenti chega correndo. Abre um sorriso e beija as mãozinhas de Juliette.

– Prazer em conhecê-la, *mademoiselle.* Você não imagina o que esse rapaz fez por você.

Ela gruda-se no meu braço.

– Fiz o que você pediu – ele prossegue, quase sem fôlego. – A menina está sob a guarda do amigo Zelig. O que aconteceu lá dentro?

– Jacobo está morto.

– E Moises Geist?

Antes que eu fale, escutamos um estampido de dentro da casa.

Saímos dali no táxi de Lionel. Juliette está aconchegada em mim. Tento dizer alguma coisa, mas ela coloca a mão em minha boca. Permanece quieta com o olhar perdido durante todo o trajeto. Às vezes, sinto um tremor em seu corpo. Descemos diante do hotel. Sua chegada é saudada por toda a *entourage* e provoca a curiosidade dos repórteres.

– O que aconteceu, *mademoiselle*?

– É verdade que a senhorita foi sequestrada?

– Só quero descansar – ela diz enquanto caminha pelo hall do hotel.

Fico à distância. Juliette livra-se do grupo e vem até mim, segura a minha mão e me conduz ao elevador. No quarto, ela se mantém calada, meditativa, tentando assimilar os acontecimentos da manhã. Mal toca na refeição providenciada pelo seu *staff*.

Em algum momento, ela me olha, como se tivesse despertado de um pesadelo.

– Agora me conte.

Escuta em silêncio minha longa narrativa desde que soube que Jacobo estava livre.

– Você correu riscos, *hã*?

– Agora eu estou convencido de que Jacobo não tentaria nada, mas com as minhas investigações meio disparatadas, acabei colocando você em risco.

– Não diga tolice. Ele teve o que mereceu. Você salvou minha vida.

– Quem te salvou, de verdade, foram as esposas dos operários. Se a passeata delas não tivesse freado o auto dos sequestradores naquele momento não sei o que teria acontecido.

– Quero ver a fotografia...

Tiro o retrato do bolso e mostro a ela.

– Nas minhas andanças, tive acesso ao diário de sua mãe. É muito triste e amargo, porque ela conta todo o processo de degradação que sofreu.

– Quero ler!

– Está com o juiz, como prova dos crimes. É um relato cruel, mas ela fala muito de ti, da saudade que sentia de vocês. Em alguns momentos se mostrava envergonhada, mas estava guardando dinheiro para comprar sua liberdade e voltar para a Polônia para encontrá-la. Dentro do diário estava a fotografia.

Ela olha detidamente a foto.

– A menina é parecida comigo mesmo?

– É a tua cara.

– Quero conhecer minha irmã!

– É cedo. A garota deve estar sofrendo muito. Quando tudo isso passar tenho certeza de que ela também fará questão de te conhecer.

– Eu tinha certeza de que você viria.

Fico sem saber o que dizer.

Aos poucos, Juliette distensiona.

– Tenho que me arrumar.

– Tem certeza de que está preparada para o show?

– Vou cantar como nunca. E você vai comigo, *hã*?

– Ficou famosa e virou mandona.

– *Exactement, monsieur* Paulo. Sem discussão.

– Não tenho ingresso nem dinheiro para comprar.

Ela repete de uma forma debochada.

– Oh, "não tenho ingresso nem dinheiro para comprar". Coitadinho. *Pauvre miserable.*

– Já te contei que fui assaltado logo que botei os pés em Buenos Aires? Estava no *subte* e me distraí com seu cartaz e um *buscavidas* levou minha mala.

– Oh, então a culpa foi minha, *hã?* Como posso compensá-lo?

– Você encontrará um jeito.

– Depois do show, vamos ter uma conversa muito séria. Não quero mais ficar longe de você, *mon petit con.*

– Você é uma artista famosa e eu seria o quê? Um boa-vida vivendo às suas custas?

– Poderia ser meu escravo, que tal?

A divertida Juliette está de volta.

– Parece um bom emprego. O que eu teria que fazer?

– Tudo que eu mandar.

– Mandona!

Toca o telefone interno. Ela pula da cama e atende a ligação.

– Está na hora. Preciso tomar um banho.

Ela tira a roupa lentamente. Não consigo tirar os olhos de seu corpo curvilíneo, a pele branca repleta de sardas nas costas.

– Devo sair?

Ela me olha por cima do ombro.

– Só se fizer questão.

Volta-se para mim e começa a cantar quase sussurrando, os quadris movendo-se com sensualidade em minha direção de uma forma divertida, cobrindo o rosto com as mãos, fingindo estar envergonhada.

– *Il m'a vue nue,/ tout nue. / Je me suis, par respect humain,/ Voilé la face de mes deux mains**.

– Juliette, o show...

– Temos um tempo.

Ela pula sobre mim, entrelaça os calcanhares às minhas costas e me aplica uma saraivada de beijos, como naquela noite inesquecível na pensão da Aurélia.

A pequena Juliette agiganta-se no palco como um furacão. Cada canção tem uma performance adequada e surpreendente. Encerra com uma interpretação pungente de *Cambalache.*

Siglo veinte, cambalache, problemático y febril
El que no llora no mama y el que no afana es un gil
Dale nomás, dale que va
Que allá en el horno nos vamos a encontrar
No pienses más, sentate a un lado
Que a nadie importa si naciste honrado

Cenho franzido, a ferocidade em pessoa, ela imprime toda a revolta e indignação imaginada por Ernesto Discépolo ao compor a canção, como se estivesse expulsando os demônios que a perseguiam.

Que a nadie importa si naciste honrado
Es lo mismo el que labura

* Ele me viu nua, completamente nua / Eu, por respeito humano, cobri meu rosto com as duas mãos.

Noche y día como un buey
Que el que vive de los otros
Que el que mata o el que cura
O está fuera de la ley

Ao final, o Teatro Ópera vem abaixo. A salva de palmas dura alguns bons minutos e Juliette precisa voltar ao palco várias vezes para agradecer. Encontro Miguel e Graciela na porta do camarim, onde um grupo espera para cumprimentá-la e tirar fotografias.

– Não a deixe escapar – Graciela diz.

Entramos por uma porta lateral. Juliette está radiante. Recebe flores e elogios. Quando me vê, vem até nós. Pendura-se no meu pescoço e me dá um longo beijo.

– Assim você me deixa sem jeito – eu digo.

– Adoro te deixar sem jeito.

– Esses são Miguel Ángel e Graciela, meus protetores.

– Oh, *enchantée*. Ele deu trabalho?

– Paulo é um bom rapaz – Graciela responde. – Só lhe falta um pouco de amor-próprio. E você é uma artista extraordinária.

O radialista Alfredo Lezcano aproxima-se, extasiado, com um buquê de flores nas mãos.

– Estou *estupefacto, mademoiselle.* Que voz! Que expressão corporal! Que domínio da plateia!

– *Merci.*

– Não falei para *usted,* Paulo? Essa jovem é um fenômeno! – *Pero* – ele olha para os meus lados – *¿dónde está tu novia?*

Miguel começa a rir, prevendo o que vou responder. Ponho a mão no ombro de Juliette e digo:

– Você não vai acreditar.

Archivo General de la Nación Argentina

Agradecimentos especiais a
Mariam Pessah, pela leitura
atenta e por sugestões que
enriqueceram esta narrativa.

Trilha sonora

Amor (Luiz Rubinstein)
¡Yira! ¡Yira! (Enrique Discépolo)
A media luz (Edgardo Donato, Carlos Lenzi)
Mi Buenos Aires querido (Carlos Gardel, Alfredo Le Pera)
La cumparsita (Gerardo Matos Rodríguez)
Mano a mano (Celedonio Flores, Carlos Gardel, José Razzano)
Caminito (Juan de Dios Filiberto, Gabino Coria Peñaloza)
Adios muchachos (Julio César Sanders, César Vedani)
Esta noche me emborracho (Enrique Discépolo)
J'attendai (Dino Olivieri, Nino Rastelli, trad. Louis Poterat)
Il m'a vu nue (Fred Pearly, Pierre Chagnon)
Cambalache (Enrique Discépolo)

Leia também

RAFAEL GUIMARAENS

1937

Juliette em perigo!

Libretos

Livro composto em Adobe Garamond e Phosphate, com 152 páginas, impresso em papel pólen 90 gramas pela gráfica Pallotti de Santa Maria/RS, em outubro de 2025.